車　軸

小佐野　彈

集英社文庫

車軸

1

「ごめんなさい。もう、二度としません」

目の前に立つ無言の父に向かって、真奈美(まなみ)は土下座をしていた。

父の四角い赤ら顔の上には、黒々とした縮れ毛が逆巻いている。

県会議員という職業柄、夜ごと繰り返される会合や会食での飲酒のせいもあって、父の目はいつも血走りがちだった。それでも、あのときの父の目の赤さは、ちょっと尋常じゃなかった。

鬼だ、と思った。

真冬の東北の太平洋沿岸は、あまり雪が降らない。しんしんと冷え切った、静かで、乾いた晴天が続く。

「……許してください」

あまりに外が静かで乾いていたから、謝罪の声は、ことさら無味乾燥なものとして部屋の中に響いた。

　貧農から一代で身を起こした曾祖父が建て、その後いたずらに増改築の繰り返された藤木(ふじき)家の日本家屋には、それなりの風格があった。ただ、妙に大きい唐破風(からはふ)や、鉄平石の門柱、そして幾度も塗り直された漆喰(しっくい)の壁が、真奈美にとってはどれもちぐはぐで、胡散(うさん)臭いものに思われてならなかった。

　家の中は、支援者が集まる広間をはじめ、主だった部屋は和室だったけれど、父の書斎と真奈美の部屋、そしてダイニングキッチンは洋室に改装されていた。

　父の書斎の冷たいフローリングの上で膝を折り続けていた真奈美の下半身は、すっかり麻痺(まひ)していた。そう、麻痺した下半身と、妙に鋭敏な感覚を保っている上半身とが、なんだか別の生き物みたいだった。

　父が出かけてからも、真奈美はしばらく父の書斎で膝をついたままでいた。

「いつまでそうしてるの」

「なんか、うまく立ち上がれない気がするの。力が、入らない」

　母が不躾(ぶしつけ)な足取りで書斎の中に進み入り、真奈美の右腕を摑(つか)んで立ち上がらせようとする。チャコールグレーの地味なセーターを着た母の頬は、四十歳になったばかりとは思えないほど暗くくすんでいる。

そのとき、真奈美の両足が急に粟立った。粟立ちは、下半身から上半身へ、やがて頭のてっぺんにまで駆け上り、真奈美の全身を激しく、そして優しく包んだ。

ああ、なんかやばい。

目を瞑ると、瞼の裏にピンク色の星がちかちかと舞う。

よろよろと立ち上がった真奈美を支える母が「あんた……」と呟く。真奈美のデニム地のスカートから伸び出た白い両の太股には、黄金色の液体が岩清水のように滴っている。その滴りは、真奈美の足下の、歪な、それでいて澄み切った池へと続いていた。

母は、ただ途方に暮れた顔で、その金色の池を見下ろしていた。

あくる日の朝も、真奈美の両足は頼りなく小刻みに震えていた。家から一キロもない町立小学校まで、三十分かかった。

五年生の教室は、校舎の三階だ。まるで新雪に覆われた斜面を登っているかのように、階段で足がぐらついた。

天国への階段を上るときって、こんな感じなのかな。

昨夜の、全身の粟立ちを思い出しながら、真奈美は夢想する。

いつか視たテレビのドキュメンタリーでは、「ひとは死の瞬間に無上の快楽に包まれる」と言っていた。昨日のあの感じは、ひょっとしたらそれに近いのかもしれない。手すりを頼りに、ゆっくりと階段を上る真奈美の横を、男子が一段飛ばしで颯爽と駆け抜ける。そんな男子の後ろ姿に、夢想は呆気なく打ち砕かれる。足下に目を落とすと、そこにあるのは日々上り続けてきた冷たいリノリウム張りの階段だった。踊り場の小さな窓からは、葉を落とした公孫樹が見えた。

そんな冬の光景に、胸がざわめく。衝動的な万引きの果てに捕まって、父の前で二時間も膝をついていたわたし。おもらしの快楽を忘れられないわたし。そんなわたしに、天国の扉は開かれるのかしら。

二年前に他界した祖母は、父の書斎の隣の仏間に鎮座する大きな仏壇に向かっていつも念仏を唱えていた。

「善いも悪いもあったもんでねぇ。盗人でも人殺しでも、なもあんだぶ、なもあんだぶ、なもあんだぶ……さすれば、あみださんが迎えさ来てくれで、みぃんなお浄土さ行ぐんだがら」

大学病院の特別室で、いよいよ意識が薄れゆく中にあっても、祖母は真奈美の左手をさすりながら、そう言って聞かせた。

そして、翌日の午後十時過ぎに息を引き取るまで、苦しい顔ひとつしなかった。あまりに穏やかな死に顔を見つめながら、真奈美は祖母の行き先が天国であることに間違いはない、と思った。

「なもあんだぶ……」

口に出してみる。なもあんだぶ、なもあんだぶ。仏壇に置かれていた「あみださん」の、のっぺりとした顔が脳裏に浮かぶ。

真奈美の前に、もう冷たいリノリウム張りの階段はない。黄金の冠をかぶった福々しい「あみださん」が、三階にすっくと立っているのが見える。その足下には、金色の水を湛(たた)えた池がひろがり、まばゆい水面に、無数の蓮(はす)の花が浮かんでいる。

やっぱり、ばあちゃんは正しかったんだ。わたしはいま、天国に近づいている！

「なもあんだぶ、なもあんだぶ」と一心不乱に呟きながら、足を進める。ところが三階に至ると、「あみださん」はたちまち身を翻して、今度は屋上への扉の前で微笑(ほほえ)みを湛えている。

真奈美は「あみださん」に導かれるまま、銀色の扉を開け放ち、四方に田圃(たんぼ)を見下ろす屋上に飛び出した。いまや、目の前にひろがる冷え冷えとした単色の風景だけが、真奈美の世界だ。大きく息を吸いこむ。命の生臭さとは無縁の冬の空気が、真奈美の小さな口から吸いこまれ、肺胞の隅々にまで充ちて、やがて全身に清浄をもたらしてゆく。

真奈美は、まるで狂言の上げ足のように、静かな、それでいてたしかな意志の宿った足取りで、フェンスへと向かう。そして、傀儡のごとき軽やかさで、緑色の塗料の剝げかけた、屋上のフェンスに登る。ぐらついていた膝は、いつの間にか土台のコンクリートのわずかな凹凸すら感じ取れるほどの鋭敏さを取り戻している。もう何の障害もない。

フェンスを乗り越え、その外側にかろうじて両の手でぶら下がっているだけの状態に至ってもなお、真奈美の脳裏に過去のヴィジョンが次々と現れることはなかった。いつか本で読んだ、「死の間際の走馬灯」を密かに期待していた真奈美は、少しがっかりする。

十一年しか生きていないし、しょうがないよね。

納得しかけた真奈美の頭に、ふと別の考えが過る。

……走馬灯が現れないのは、わたしの人生が短かったからじゃない。わたしがもはや、人間じゃないからよ。いま、わたしに迫っているのは、「死」ではないんだ。わたしは人間として死ぬんじゃない。いまのわたしはすでに、聖なる、超越的存在なのよ。そしてわたしは、還るべきところに還るだけなんだわ。そうよ、走馬灯なんて、冗談じゃない！　なもあんだぶ。なもあんだぶ。

小さな声で念仏を唱えはじめると、急に息が苦しくなった。

（溺れる……！）

水底に沈んでゆくような感じが、真奈美の幼い肉体の中にあふれる。

息が苦しい。苦しくて、もがきたいのに、もっと深くへ沈んでゆきたい。

矛盾する感覚や欲求が、螺旋のようにくるくるとシンクロしながら、やがて鋭利な一本の槍となって、真奈美に襲いかかる。その槍が、真奈美の下腹を押してくる。膀胱が刺激されて、途端に尿意を催す。真奈美は本能的に、ぐっと下腹に力を入れた。

ああ、こんな瞬間におしっこをしたくなるなんて！

真奈美はフェンスにぶら下がったまま、ぷふっと噴き出す。

でも、おしっこって、たしか聖水とか言ったりするよね。だとしたら、いまおしっこをしたいと思うのは、当然だわ。きっといま、わたしの膀胱の中を充たしている液体は、何かとてもきらきらとした、特別な輝きを蓄えているはずだもん。もはやそれはおしっこじゃなくて、聖水なんだわ。わたしのおしっこが聖水に変化しつつあるように、わたしの肉体もいま、聖なるものに変質しつつある！

——突然、始業のベルが鳴り響く。真奈美に宿りかけた聖性が奪われてゆく。

あっ！

驚いた拍子に、真奈美はフェンスに引っ掛けていた指を解いてしまう。葉鞘に覆われた冬の田圃が、逆さまに目に映る。天空が針に覆われているかのようだ。いまにも雨のように降ってきそうな無数の針が怖くて、咄嗟に目を瞑る。

真奈美の脳裏に、昨夜の父の鬼の形相が浮かぶ。一昨日万引きをしたスーパーの事務所で、店長に付き添われながら母を待っているときの映像が過る。その次は、三日前の夕食に出された、舞茸の味噌汁。それらがフラッシュバックするたびに、真奈美の中の何かが崩れてゆく。

だめよ！　これじゃあわたし、人間として死んでしまうじゃない！

心の裡でそう叫んだ瞬間、真奈美の意識は途絶えた。

2

東京での生活にすっかり慣れ切った大学三年生の夏に、真奈美は潤と出会った。

真奈美を潤に引き合わせたアイリーンは、真奈美にとって東京での唯一の友人だ。

彼女の父親は、高名な医師であるだけでなく台湾の立法院の有力議員で、台湾北部を代表する地主のひとりでもある。田舎の県議を代々務めているだけの真奈美の実家は、アイリーンの実家に及ぶべくもない。それでも、親が政治を生業（なりわい）としているという共通点のせいか、ふたりは馬が合うのだった。

「遅いよ」

アイリーンは、長く艶やかな黒髪が風に乱れるのも気にしない様子で、キャンパスの中庭の公孫樹に寄りかかっていた。髪と同化してしまうほどの漆黒の絹で仕立てられた半袖のワンピースを纏（まと）い、左手には目が覚めるほど鮮やかなローズ・ジャイプールのバーキンをぶら下げている。エナメルの黒のピンヒールは、ルブタンだ。バーキンは、母国の父親に「友人とイタリアに行く」と嘘（うそ）をついてせしめた二百万円で手に入れたらしい。

そんなアイリーンの姿は、大学のキャンパスですこぶる目立つ。

「ごめん、メイク直してた」

「その顔で直しても意味ないよ」

きゃらきゃらと笑いながら、アイリーンが真奈美の肩をごつんと小突く。こんな失礼な物言いにも、すっかり慣れた。フランス語の授業でたまたま隣の席になり、いきなり「あんた、地味な顔だね」と声をかけられたときには、思わず睨（にら）みつけてしまった。でも、その直後、満面の笑みで肩を組んできたのに面食らって、腹を立てるのが馬鹿馬鹿しくなってしまった。以来、アイリーンと仲良くなった。

当初は、そのきつい物言いは語学力のせいかと思ったけれど、聞けば聞くほど彼女の日本語は流暢だった。台湾の高校にいた頃、日本の男性アイドルに夢中になって、学びはじめたのだという。留学生入試を受ける頃には、ほぼ完璧だったらしい。こうして会話をしていても、アイリーンの発音に不自然なところはない。ただひとつ、ラ行の発音が妙に強調される点を除いては。

生まれ育った岩手では、みんな真奈美に気を遣って接してくれた。真奈美は、自身の顔立ちのつまらなさについて、当時からたしかな自覚があった。それでも周囲の人々は、「色白のきれいなお嬢さん」としきりに褒めた。真奈美は、褒め言葉の隙間から漏れる湿った嘲りの匂いに気づいていた。彼らが、真奈美の家系と血統まで嘲っているように感じられるのが、厭だった。

真奈美は、父の手が嫌いだった。父は、出張の折に誂えたというテーラードの三つ揃いなんかで着飾ることもあったけれど、上品なジャケットの袖口から覗く手の野卑なことといったら、なんともたとえようがなかった。強いて言うならば、「農民の手」だ。その手に流れる農民の血が、わたしにも確実に受け継がれている。その事実を思うと、真奈美はいつもいたたまれない気持ちに駆られた。そして、野卑を自覚することなく、居丈高に人々と接している両親の僭越さを呪った。

進学を理由にそんな環境から逃げ出した真奈美を、あの日アイリーンはただ一言、「地味な顔」と嘲ってくれた。むしろ、本当は「ブス」と言いたかったところを、彼女なりに気を遣ってくれたのかもしれない。婉曲というものと縁遠い彼女は、田舎の薄気味悪い嘲笑の波に洗われながら生きてきた真奈美にとって、特別な存在になった。

「あんたの無駄なメイクのせいで遅れたらあたしが怒られるんだよ」

こんな風に言われたら、普通の女の子なら怒るだろう。でも、その「普通」がよくわからない。真奈美も、メイクに時間をかけるのは、つくづく無駄だと思っている。

五限目が終わったキャンパスは、徐々に人影もまばらになってきていた。「ほら、急ぐよ」とアイリーンが真奈美の腕を掴んで、足早に歩き出す。

台湾で育ったはずなのに、アイリーンの身のこなしはどこか欧米風で、スキンシップが多い。彼女の両親は、留学中に出会ってアメリカで結婚したらしい。アイリーン自身もアメリカ生まれで、二重国籍だ。

キャンパスを出ると、水曜日にもかかわらず青山通りは随分と混み合っていた。電車のほうが早いかも、と思わないでもなかったけれど、真奈美はアイリーンが公共交通機関をほとんど使わないことを知っている。案の定、アイリーンは迷うことなく空車ランプを光らせた桜のマークのタクシーに手を上げた。

「歌舞伎町の旧コマ劇前まで」と横柄な口調で運転手に告げると、アイリーンはすぐにバーキンからスマホを取り出して、誰かと連絡を取りはじめる。彼女が日本に来た頃には、もうすでにコマ劇場はなかったはずなのに、なんでこんなに自然と「旧コマ劇前」という言葉が出てくるのだろう。感心しつつ、真奈美は真剣な顔でスマホに向き合うアイリーンに何も語りかけずにいる。

「よし、三人だけどV卓取れたわ」

「V卓って？」

「VIP卓のこと。あんたホスト初めてでしょ。せっかくならV卓のほうがいいかと思ってさ」

アイリーンは、露悪的な感じで、真奈美に向かってにやりと笑った。ホストクラブが初めての真奈美にとっては、V卓に座るということがどういう意味を持つのかわからない。それでも、彼女なりの善意で手配してくれたということはわかったし、「ありがと」と礼を言う。

タクシーは、キラー通りに入って千駄ケ谷方面へと向かってゆく。結局渋滞は大したことがなくて、ふたりはするすると歌舞伎町に近づいている。

先週、ホスト行こうよ、と誘ってきたときのアイリーンの表情は、彼女が真奈美に初めて煙草（たばこ）を勧めたときの表情と似ていた。

仲良くなって間もない頃、表参道のカフェでアイリーンに無理やり吸わされた煙草は、舌一面に残るタールのねっとりとした感じがたまらなく気持ち悪かった。それが、この頃ではすっかり煙草無しではいられなくなってしまった。清澄白河（きよすみしらかわ）の自宅マンションには、いまでは灰皿が置かれている。

学校帰りに、青山のFrancfrancでドット柄の灰皿を買って帰った日のことを思い出す。

灰皿をリビングのテーブルにことりと置いて、ピアニッシモに火を点（つ）けた瞬間、真奈美の意識は温かな水の中に沈んだ。何もかも諦めて、ただ沈みゆくままに任せていると、ふんわりとした気持ちよさに包まれた。

でも、その気持ちよさも、あの学校の屋上での体験と比べれば、何かが足りなかった。

「もう、着くよ」

アイリーンに声をかけられて、真奈美は長い夢想から目を覚ます。「歌舞伎町一番街」という赤いアーチが点滅している。ドン・キホーテの灯りがギラギラと光っている。タクシーが停まると、アイリーンは電子マネーでさっさと支払いを済ませて降車した。真奈美もあとに続く。「お忘れ物にお気をつけ下さい」という通り一遍の声がけに、「大丈夫です」と丁寧に返事をする真奈美を、アイリーンが笑いながら見ている。

タクシーから降りた真奈美は、あたりを見回しながら深呼吸をする。

饐えた油の臭いに、軽い戦慄を覚えた。

旧コマ劇前の広場で、「潤さん」を待つ。潤さんについて、真奈美は何も知らない。相変わらずスマホをいじっているアイリーンをよそに、真奈美は潤さんに思いを馳せる。潤、潤さん、と呟いてみる。真奈美の小さな声に、アイリーンは気づいていない。まだ会ったこともないひとの名前を繰り返し呟くなんて、今日のわたしはどこかおかしい。

そうこうしている間に、いかにも「ギャル男」という風体の背の高い男が、真奈美たちふたりを目指して駆け寄ってきた。

「ごめん、待たせちゃったわね」

このひとが「潤さん」なのだろうか。やわらかな身のこなしと口調に、ほっとする。

「これ潤さんね。あたしが超お世話になってるひと」

アイリーンが手早く潤を紹介する。「見ての通りのゲイだから」と付け加えたアイリーンに、真奈美はなんと返したらいいのかわからない。そもそも真奈美はゲイとまみえたことがない。どのあたりが「見ての通り」なのだろう、と漠然と思う。少なくともアイリーンにとっては「見ての通りのゲイ」らしい。アイリーンは、主観でしか物事を語らない。

「えっと、真奈美です」

ぼそぼそと名乗った真奈美に対して、潤は「あたし、女の顔と名前は覚えられないの」と笑った。

真奈美は出会ったばかりの潤に対して、たちまち好感を抱いた。

ホストクラブのエントランスは、思ったとおりの派手さだった。

大きな看板には、ナンバーワンホストだという男の写真がでかでかとプリントされている。写真の下には毒々しい原色の文字で「ようこそ、イケメン帝国へ！」とある。最も目立つべき「ＡＮＤ Ａ」という店名は、きらびやかな広告看板の右下に、ちんまりと記されているだけだ。

エントランスの階段を下ってゆくと、真っ赤なドアがあった。アイリーンがドアを開けると、「いらっしゃいませ」という、小さな声がした。

入ってすぐ左側の小さな黒いカウンターに、スーツ姿の男が立っている。

「久しぶりっすね」

男は親しげにアイリーンに声をかけて、相好を崩した。アイリーンは、返事をする風でもなく、ただ淡々と「ひとり初回いるから」と告げる。潤は、カウンターの男に「久しぶりぃ」とにこやかに手を振っている。

「初回のお客様は身分証のご提示お願いしてるんで、いいすか」

軟派な口調で、男が真奈美に語りかける。白のダミエの財布から学生証を取り出して男に示す。年齢や名前をじっくり確認する様子はない。

「ありがとうございます。お客様ご来店でぇす！」

思いの外うやうやしく両手で真奈美に学生証を返すと、男が大声で店内に向かって叫んだ。「いらっしゃいませぇ！」という怒号がフロア中に響き渡る。どこからともなく、インカムをつけた田舎臭い顔の男が現れて、薄暗い店内へと真奈美たちを先導してゆく。

黒い人造大理石の床と、暗色の壁紙。天井には直線的なデザインの内装にそぐわないシャンデリアが揺れている。横にはミラーボールがぶら下がっていて、その周りをストロボやバリライトが囲んでいる。イメージ通りの内装の店内を、案内されるがままに進んでゆく。開店時刻の直後ということもあって、客は誰もいないようだ。ただ、耳をつんざくようなトランス系の音楽が流れている。

意外と広い店内をさらに奥へ進むと、フロアよりも一段高くなった半個室の空間があった。四角い御影石風のテーブルを囲んで、黒いベルベットのソファがコの字形に並んでいる。御影石が本物なのか偽物なのかはわからない。だけど、この空間にあるとすべてが偽物に見えてくる。

「お席はこちらです」

アイリーンはインカムの男に礼を言うでもなく、ソファにどかんと腰を下ろして、バーキンを無造作にテーブルの上に置く。アイリーンの左側に潤が座り、その手前に真奈美が座る。

案内の男が会釈して去ると、別のスーツ姿の男がやって来て、三人それぞれにおしぼりを渡す。アイリーンが顎で真奈美を指しながら、横柄な態度で「そいつ、初回だからね」と伝える。すると男はテーブルを挟んだ小さなスツールに座って、小脇にかかえていた黒いバインダーを真奈美の前に差し出した。そこには「初回のご案内」と書かれていて、男は早口で説明をはじめる。

「初回のお客様は二時間五千円となっておりまして、場内指名は三人まで無料となっております。飲み直しの場合は一万五千円、お飲み物は焼酎でしたら鏡月、眞露、割りものは緑茶、紅茶、ミルクティー、ジャスミン茶、オレンジジュースからお選びいただけまして、ビールでしたら淡麗と……」

説明は延々と続きそうだった。「場内指名」があるということは、「場外指名」もあるのだろうか。「飲み直し」ってなんだろう。

逡巡していると、しびれを切らしたアイリーンが、「もう鏡月とジャスミンでよくね？」と真奈美に問う。「うん、それでいい」と答えたところで、男の説明はやっと終わった。結局、男が喋った言葉の半分も、真奈美には理解できなかった。でも、この「流されている感じ」は、嫌いじゃない。

すると、今度は別の赤いバインダーを渡された。

「こちら、男メニューになっております」

バインダーを開いてみると、そこにはホストたちの宣材写真が、一ページごとに収まっている。

何より、「男メニュー」という響きがいい。ここでは、男たちは商品なのだ。人間が財なのだ。それが真奈美にはどこかエロティックに思えた。

「あんた、誰か決めた？」

アイリーンとお喋りに興じていた潤が、ふいに真奈美に声をかける。妙にテンションの高い潤は、「あたしのおすすめはね……」と言って勝手にバインダーのページを捲りはじめる。

　この子は、話はうまかったわよ。それから、このリオって子は馬鹿だけど顔だけはいいのよ。そんな風に、ひとりひとりを解説してくれる。

「潤さんの担当はどのひとなんですか」

　真奈美が問うと、潤はにやりと笑って、「ちょっと探すわね」と楽しげにページを捲ってゆく。そして、「コレよ」と言って手を止めた。

　そこには、いままでのページに載っていたような、ちゃらちゃらした風情の男ではなくて、勝ち気な目でこちらを睨(ね)めつける、ミディアムのウェーブがかった黒髪の男の写真があった。「あたしね、最近黒髪の男が好きなのよ」と言いながら、潤は心底うきうきした様子を見せる。

「それにね、この子ノンケなんだけど、男相手でもマクラしてくれるのよ」

　声のトーンを落とした潤が、真奈美の耳元で囁(ささや)いた。

「枕営業」という言葉は聞いたことがある。セックスで客を得て、繋ぎ止めることだ。そしてこの聖也(せいや)という男は、異性愛者(ノンケ)なのに営業で男を抱くらしい。

　じゃあ、潤さんもこのひとと――。そう思うと、「聖也」の宣材写真がますます輝いて見えた。

この男なら、あの屋上での体験を、もう一度味わわせてくれるかもしれない。そんな甘美で根拠のない期待が、真奈美の胸の中に充ちてゆく。

「わたし、このひとにします」

真奈美は迷わず聖也の写真を指さした。潤が、心底驚いたような顔をする。しかしそれは一瞬のことで、次の瞬間にはもう「あら、あたしと指名被せる気？　いい度胸ね」と笑っていた。

「場内指名は三人まで無料だから、あとふたり選べるわよ」と勧める潤に、真奈美は首を横に振る。もはや、聖也という男以外に興味を持てなかった。

「この子、聖也がいいんだって。だからあとは、適当に付け回してあげて」

飲み物やナッツを運んできたスーツ姿の男に、潤が声をかける。

去りかけた男に向けて立て続けに「あと、トーションも二枚お願いね。あたしはいらないけど」と告げて、潤はマールボロ・アイス・ブラストの箱に手を伸ばした。男が、慌てた様子でさっと胸ポケットからライターを取り出す。「いいのいいの」と手で制して、潤は自分の安っぽい百円ライターで火を点けた。

「おお、アイリーン久しぶり」

そう言いながら現れた聖也は、ウェーブがかった黒髪が綺麗になでつけられていて、写真よりも高貴に見えた。

「久しぶりじゃん」

アイリーンも聖也のことはよく知っていると見えて、親しげに右手を軽く上げて挨拶を返している。アイリーンと二三の軽口を叩き合ったあと、「失礼します」と言って聖也は真奈美の正面のスツールに優雅に腰を下ろした。巷ではなかなか見ないような光沢のある黒のジャケットには、薄い千鳥格子の模様が織り込んである。

「はじめまして、聖也です」

黒い厚紙に白い文字の名刺が差し出される。紙にはラメ加工が施してあって、薄暗い空間で、きらきらと輝いた。少し間延びしたような口調も、心地いい。

真奈美は名刺を握りしめながら、「ども……」と不器用に返事をした。

「名前、なんて呼べばいいかな」

優男らしい声でたずねる聖也に、自らの名を小さく告げる。ラメがうるさく感じられてきて、真奈美は名刺をそっとテーブルの上に置いた。

「聖也、そいつホスト初めてだから」

アイリーンが告げると、聖也は「じゃあ、俺が真奈美ちゃんにとって初めてのホストってことか」と呟いて、「嬉しいなぁ」と破顔した。

この笑顔は、わたしを客にするための笑顔にちがいない。経済的な裏書きのある笑顔だ。なのに、どうしてこんなに無垢なのだろう。真奈美は驚く。

「ちょっと聖也、あんまりこの子を惚れさせないでよね」

潤がどこか拗ねたような、それでいてからかうような調子で割りこんでくる。

「俺、潤ちゃんにはめっちゃ優しくしてるじゃない」

聖也は口の片方だけを上げて、ちょっと意地悪な顔をした。

この男が、潤と寝るのだ。想像するだけで、頬が上気してくる。

そんな真奈美をよそに、聖也は手際よく焼酎をグラスに注ぎ、ジャスミン茶を足してマドラーで混ぜている。

「じゃ、とりあえず乾杯しよっか」

聖也の一声で、三人はグラスを手に取った。アイリーンは、「あたしのことは気にしないで」とスマホを見ている。担当ホストが来るまで、酒に手を付ける気はないらしい。甲類焼酎をジャスミン茶で割っただけのグラスの中身はひどく味気ないけれど、真奈美にとっては美酒だ。

通うだろうな、と真奈美は思った。

　そして、聖也の体を知っている潤が、羨ましいと思った。

「じゃあ、真奈美の初ホスト記念に、アルマンドでも入れましょうか」

　潤がさも当たり前のように提案する。

「潤ちゃん、大丈夫？　こないだもクリュッグ入れてもらったばっかりだけど」

「いいのよ、あんたが稼いでくれれば、あたしも潤うでしょ」

　意味深に笑う潤に、「じゃあ、頂いちゃおうかな」と答えて、聖也は「お願いします」と大きな声で内勤スタッフを呼んだ。

　郷里の親からつい先週送金してもらった仕送りの三十万円はまだ手付かずだ。潤が高いシャンパンを入れたとしても何とかなるだろう。それに、家族カードも持たされている。アメックスのプラチナだし、限度額だって問題ない。そんなことを考えている真奈美を、アイリーンが手招きする。席に戻ってきた聖也と何やら楽しげに話している潤を邪魔するのは気が引けて、真奈美は一旦立ち上がり、テーブルの反対側から回り込んで、アイリーンの隣に腰かける。

「なに？」

　音楽と、「いらっしゃいませぇ」の怒号がうるさくて、アイリーンの声がうまく聞きとれない。再度、「え？」と訊き返す真奈美の耳元に、アイリーンが口を近づける。

「潤さん、めっちゃ金持ちだから、金のことは心配しなくていいよ」

アイリーンは、いたずらっ子のような顔をしていた。

3

アイリーンから教えられた潤のバックグラウンドは、大したものだった。戦後間もない頃に潤の祖父が一代で築き上げたという企業グループは、日本はおろか海外にまでホテルやレストランのチェーンを展開しているらしい。

そんな話をひとしきり終えると、アイリーンはギャルソンを呼びつけて、いつもの口調で「灰皿」と告げた。表参道沿いのカフェのテラスはアイリーンのお気に入りで、彼女はいつもここでMacBookを広げて、課題や試験勉強に取り組んでいる。何より、ロイヤル・ミルクティーが一杯千円を超えるようなこの店には、学生がひとりもいないのがいい。真奈美もアイリーンも大学生なのに、彼らと同じ世界で呼吸ができるような気がしない。そういう点でも、ふたりは気が合うのだった。

九月中旬にもかかわらず、今日の最高気温は三十一度らしい。往来のひとも皆、半袖姿だ。

「あ、潤さんからだ」

テーブルの上に置いたスマホが震えている。潤はＬＩＮＥやメールでやりとりするのをひどく煩わしがるところがあって、連絡はいつも決まって電話だ。

真奈美が画面をスワイプすると、電話口の向こうの潤が、挨拶もなしに早口でまくしたてる。

「あんた、来週の月曜日空いてない？」

怒ったような口ぶりに面食らいながらも、真奈美は「空いてますけど、どうしましたか？」と問い返す。

「ペトレンコが振るタンホイザーのチケットが二枚あるんだけどさ、一緒に行くつもりだったゲイ友達が急に親が死んじゃって来れなくなってさ。あんた前に舞台とか好きだって言ってたじゃない。今回のタンホイザーはバイエルン国立歌劇場が来るのよ。必見よ」

すごい勢いで話されて、潤がオペラについて語っているのだと気づくのに時間がかかった。電話口では、「ちょっとあんた聞いてんの？」と潤が苛立ちを募らせている。真奈美は咄嗟に「あ、聞いてます」と返す。

潤とは、あの日一緒にホストクラブへ行って以来、週に一度は会って食事をしたりお茶を飲んだりする仲になっていた。新宿二丁目にも連れて行ってもらった。潤と一緒に過ごす時間は、楽しい。見た目からは想像できないけれど、潤の知識の豊富さはずば抜けている。

あの口調で服装やメイクを酷評されるのも、小気味よい。とはいえ、潤のファッションセンスも決して褒められたものではないけれど。

潤とオペラを観（み）に行ったなら、きっと楽しいだろう。淀（よど）みのない喋りで、曲や物語の背景について教えてくれるにちがいない。

うん、悪くない。

真奈美は、電話の向こうで一方的に喋り続けている潤に、「行きます。潤さんとオペラ行ってみたいです」と答えたのだった。

「ほんと？　よかったわ」

潤はほっとした様子だ。潤くらいの金持ちであれば、たとえチケット代が無駄になったとしても、ひとりで観劇に行けば良さそうなものだ。しかし真奈美は、潤がひとりで行動できないことを知っている。潤は、ひとりで食事ができない。必ず誰かと一緒でなければ、物を食べることすらできない。オペラも、そうなのだろう。それに、意外と真面目で拘（こだわ）りの強い性格の潤ならば、「一席空けるだなんて、芸術家に対する非礼よ」など言いそうだ。想像してみて、ゆくりなく笑ってしまう。

「あんた、すっかり潤さんに気に入られてるよね」

電話を切ったばかりの真奈美に、アイリーンが半ば呆れたように言う。

「いや、わたしのほうが潤さんのこと好きなんだと思う」

明るく、よく喋る潤が、真奈美の前でふと押し黙ることがある。そんなとき、潤の瞳は淡い翳りを帯びて、少し青くなる。初冬の海のような、どこか重苦しい青が、潤の抱える不安や怯えを象徴しているようで、真奈美は好きだった。

「……あんたも、ひとのこと好きになったりするんだね」

アイリーンは意外そうな顔をして、バーキンからモノグラムのシガレットケースを取り出した。今日のネイルは見事なフレンチで、ラインストーンがこれでもかというほどにちりばめられている。ぴんっと張った指と、細長い煙草のコンビネーションが、表参道の風景と絶妙に溶け合っていた。

「わたしって、そんなに無感情に見える？」

「うん、見える。あんた、時々日本人形みたいに見えるんだよね」

アイリーンが「ははっ」と笑う。そして、「まあ、あたしもそんなあんたのこと、嫌いになれないいんだけどね」と言いながら、旨そうにヴォーグの煙を吐き出した。

待ち合わせ場所の渋谷に、潤は珍しくテーラード・ジャケット姿で現れた。インナーから覗く浅黒い胸に、まるで鳳仙花(ほうせんか)のような、真っ赤な筋が浮かんでいる。

「潤さん、それどうしたの」

挨拶もなく不躾にたずねる真奈美に、潤は淡々と「蕁麻疹(じんましん)よ」と答える。

「ところであんた、ちゃんと予習してきた？」

先週の土曜日の夜、真奈美が「ＡＮＤ Ａ」にいると、突如潤から電話が入った。

――あんた、どうせ聖也のところにいるんでしょ。その男はあたしのものでもあるんだからね。ほどほどにしておきなさいよ。ところで来週のオペラだけど、ワーグナーは話が深いんだからちゃんと予習しておきなさいよ。せめてあらすじは読んできて頂戴。できればYouTubeで動画も視てほしいわね。そうねえ、やっぱり二〇一一年のバイロイト版が面白いかしら。でもねえ、あの演出だと話の本筋が見えづらいのよね。とにかく、あたしの隣の席で寝たりしたら承知しないからね。あ、ところでいま聖也席に着いてるの？　ちょっと電話代わってくれるかしら……。

最近は、潤の多弁に戸惑うこともなくなった。

「一応、あらすじは読んできました。それから動画も冒頭だけは。指定されたやつかどうかはわからないけど」

真奈美が正直に言うと、潤は満足そうに、「えらいじゃない」と褒めた。渡されたチケットには、「S席　六五〇〇〇円」と記されている。

「オペラっていい値段するんですね」

「たしかにそうねぇ。でも、それだけの価値はあるわよ」

潤は、いつも決めつけで物事を語る。時折、思い込みが激しくて的外れなこともあるけれど、潤の決めつけは概ね正しい。そう思える程度には、真奈美は潤を信頼するようになっていた。

NHKホールは、客でごった返していた。

階段の上の安価な席の入口には、音大生と思しき若者が何人かたむろしているけれど、客の大半は老人だ。真奈美にとっては、大学よりもこの老人ばかりの空間のほうが心地いい。

ホールの入口の仮設の売店スペースでは、プログラムが売られていた。潤が、「買っておいたほうがいいわよ。あとで思い出して二度楽しめるから」と言う。真奈美は言われるがままにプログラムを買いに行く。

「一冊下さい」と真奈美が係員に言う後ろで、潤が「ちょっと、プログラムくらい奢りなさいよ」と人の悪そうな笑みを浮かべている。真奈美は苦笑しながら、「あ、やっぱふたつで」と言い直した。

席に着いてからも、潤はずっと喋り続けている。

この主演のフォークトがいいのよ。現代最高のワーグナー唄いのテノールよ。あんた、本当あたしに感謝しなさいよ。人生最初のオペラがフォークトの唄うタンホイザーだなんて。誰もが羨ましがるわよ。本当はバイエルン国立歌劇場の白いバルコンが並ぶ中で観せてあげたいんだけどねえ。でもあたし、あんたをミュンヘンに連れて行ってやる義理もないし、そもそもあんただって金がないわけじゃないんだから、自分で行こうと思えば行けるでしょ。

話はいつまでも終わりそうにない。場内が少し暗くなり、携帯電話の電源をお切り下さい、録音・録画はご遠慮下さい、とアナウンスが流れはじめる。潤はそれでも話をやめない。

あんた、携帯はちゃんと切っておきなさいよ。あたしがバイロイトに行ったときなんか、「パルジファル」の、よりによってアンフォルタスがいよいよ倒れるってシーンで、隣のババアの携帯が鳴ったのよ。最悪だったわ。謝って済む問題じゃないんだから。

客席の照明が完全に落とされ、指揮者のペトレンコが入ってくると、やっと潤は静かになった。

タクトを持つペトレンコの白い右手がゆっくりと上がってゆき、ふくよかなホルンの音色が会場に響きはじめた。

潤から教えられ何度も聴いた序曲が、舞台演出と共に流れるだけでこんなに壮麗で神聖な色彩を帯びるのかと驚く。序曲がクライマックスに達すると、古代ギリシャの巫女を思わせる衣装の女たちが、無数の矢を放ちはじめる。舞台装置と美術の端正な美しさは、言葉が出ないほどだ。

夢中になるうち、老齢の女性教授の声が、ふいに真奈美の耳に蘇る。

ひとりのキリスト者が、一心不乱に「天の都」を目指す過程を寓話として描いたのが、この『天路歴程』ですが、その寓意にはさまざまな解釈があり……

必修科目「宗教」の講義で聞いた、ひとり長い道のりを行く求道者の姿が見えたような気がした。テノールとメゾソプラノの二重唱が、天の都を指し示すかのように頭の中で響いている。

それにしても、このヴェーヌスの美しさと清らかさといったらなんなのだろう! 豊かな肉を揺らしながら、タンホイザーを甘美な堕落へと導くヴェーヌスの姿に、真奈美は血が沸き立つような感動を覚えた。不可逆的な、本物の堕落へ至ること。わたしが求めていたものは、これだ。

突如足下が揺らいで、天地が逆転するような感覚に襲われる。頭の中で絡み合う声の渦に溺れ、真奈美は放心した。

「よかったでしょ」

潤の震えた声が聞こえて、やっと我に返る。終幕後の客席は、ひともまばらになっていた。

真奈美は何も返事ができずにただ中空を見つめるばかりだ。

「わたしヴェーヌスになりたい。ううん、わたし、きっとヴェーヌスなんだよ」

体からあふれ出す確信を、口にする。隣の潤が向けてくる視線に、たしかな熱が籠もったのがわかる。

真奈美は、もう一度呟いた。自身がヴェーヌスであるならば、すべての説明がつく気がした。

4

「お、すごい。ガラガラだね」

聖也は意外そうに呟く。

「平日だもん。こんなもんなんじゃない？」

「いや、箱根(はこね)は平日でも混むときは混むんだよ。これはマジで運がいいな」

紅葉シーズンにもかかわらず、箱根は閑散としていた。聖也の運転するブルーのBMW・M3が、国道138号線の山道を快調に登ってゆく。土日であれば、大渋滞だろう。

真奈美が「AND A」に通うようになってから、まだ二ヶ月あまりだ。短い期間で真奈美は、旅行に連れて行けるほどの「太客」になってくれた。

聖也は、客との旅行に際して決して安っぽい温泉ホテルや、ファミリーが泊まるようなリゾート施設を選ばない。「本物」を気取ること。それが聖也の矜持(きょうじ)だ。とはいえ、あくまでも本物志向を「気取っている」に過ぎないのだけれど。

あれはたしか、ホストになって二年目の夏だった。店の慰安旅行でバンコクへ行った。泊まったのは、スクムビット通りの路地(ソイ)の中の、四つ星ホテルだ。

同僚や仲間たちには、海外旅行が初めて、という者も多かった。聖也には、海外旅行や飛行機に縁のない人々がいることが、どこか嘘のように思えた。

夏休みと年末には家族で必ず海外旅行をするような家で育った。シンガポールでは、父が「ラッフルズはミーハーでつまらない」と言うので、グッドウッド・パークに泊まった。ロンドンはクラリッジス、パリはたしか、プラザ・アテネだった。ハワイでは、ハレクラニに二度泊まって、その後の二回はロイヤル・ハワイアン。聖也にとって、ツアー客御用達の四つ星ホテルは、壁やカーテン、ベッドのリネンに至るまで、すべてが偽物に見えた。そして、偽物にはしゃいでいる同室の先輩の姿に、たまらない羞恥を感じた。

その後、慰安旅行に参加することはなかったけれど、あれはあれで良い経験だった、といまになって思う。四つ星ホテルにはしゃぐ先輩の姿を見ていなかったら、きっと「稼ごう」なんて思わなかった。

聖也は、今回の真奈美との箱根旅行に、宮ノ下(みやのした)の富士屋(ふじや)ホテルを予約した。富士屋ホテルに泊まったことはなかったけれど、かつての太客だったインテリアデザイナーのオバサンから、散々聞かされた名前だった。

　車は大平台（おおひらだい）のカーブを曲がって、宮ノ下に差し掛かる。左手に、「S.Shima」という英文の看板が現れる。鄙（ひな）びた温泉地の景観と打って変わって、宮ノ下界隈の景色は、レトロなトーキー映画の世界を思わせた。

「わ、なんかすごいね」

　助手席に座る真奈美が声を上げたので、つられて左を向く。そこには壮麗な富士屋ホテルの破風（ペディメント）の群が迫っていた。聖也も、思わず「おお」と声を上げる。

　入口のスロープに車を進めると、正面に優美な瓦葺（ぶ）きの真白い館が現れた。

　車寄せに横付けすると、若いベルボーイが、助手席側のドアを開けてくれた。

「ご宿泊でございますか」

　運転席から身を乗り出した聖也が「はい」と告げて、笑顔を添える。ベルボーイも、控えめな笑顔を返してくれる。

　荷物と車のキーを預けて、古びた木製の回転ドアを通り抜けると、赤い欄干と木彫りの龍の彫刻が添えられた緑色の大理石の階段が現れた。床にはいまどき見られないような赤絨毯（じゅうたん）まで敷かれている。案内されて階段を上がってゆくと、そこには甘酸っぱい木の匂いに充ちた、飴色（あめいろ）の世界があった。

「不思議な匂いですね」

「明治のホテルに共通する匂いとでも申しましょうか。かつてヘレン・ケラー女史が当ホテルにお泊まりになったあと、日光の金谷ホテルにご宿泊されたのですが、金谷ホテルに到着されて早々、『ここはさっきまでいたホテルと同じ匂いがする』とおっしゃったそうです」

ベルボーイは、嬉しそうに披瀝する。

金谷ホテル、か。聖也は初めて聞いたホテルの名前を、さっそくスマホのメモに入力した。

「至誠」という大きな書額が掲げられたフロントで聖也がチェックインをしている間、真奈美は後ろ手を組みながら、ロビーを見回している。コンシェルジュデスクに、一組の白人のカップルがいて、地図を広げながらスタッフに何かをたずねている。そんなところからも上質な非日常の空気が漂っていて、聖也は密かに喜ぶ。

チェックインを済ませた聖也と真奈美を、先ほどのベルボーイが案内する。ロビーや通路に点在する彫刻や調度品について、その謂れや来歴まで随分と丁寧に説明をしてくれる。長い廊下を通り、昭和十一年に建てられたという別館「花御殿」に至るまで、彼はにこやかに話し続けた。エレベーターで二階へ上がり、廊下を少し行ったところでベルボーイが立ち止まる。大きな桜の日本画が架けられた木製のドアが開けられる。

「花御殿のスイートルーム、『桜』でございます」

部屋に足を踏み入れた瞬間、聖也は唸った。何人の賓客が行き来したかわからない床、しどけない寝姿を見つめ続けてきた天井から、本物の匂いがした。

「まさにここが、ヘレン・ケラー女史の泊まられたお部屋ですよ」

ひとしきり部屋の設備の説明を終えたベルボーイが、さりげなく告げて去ってゆく。

聖也は、あまりにも有名なその偉人に思いを馳せる。盲・聾（ろう）・啞（あ）の三重苦を抱えながらも、ヘレン・ケラーは大学まで進学して、世界中を啓蒙（けいもう）して回った。当時の世相を考えれば、女という性に生まれて大学に行くだけでも大変なことだっただろう。そうか、ヘレン・ケラーは三重苦ではなくて、四重苦だったのか。俺は、五体満足で、顔だって良いほうだ。恵まれた家庭に生まれたし、大学にだって親の金で行かせてもらった。まあ、卒業はしなかったけど。なのに、気づけばホストになっていた。そしていま、真奈美とこの部屋にいる。こんな俺を、ヘレン・ケラーはどう思うだろう。彼女は叱るだろうか。こんな風に、ただ流されるままに生きている俺を――

居心地が、少し悪くなったような気がした。

ま、いっか。

聖也の呟きに、真奈美は気づいていない。奥のリビングスペースのソファに腰かけて、ただ窓の外を眺めている。

　ベッドに寝転がる。ツインだし、今夜真奈美を抱くことはないだろうな、と思う。もし俺が抱かなかったら、真奈美はどう思うだろう。でもなんとなく、真奈美も抱かれるつもりがないような気がする。だとすれば、真奈美にとってこの旅行の目的はなんなのだろう。セックスではない、何かのために、真奈美がここにいるとしたら、その「何か」ってなんだろう。

「ま、いっか」

　今度の呟きは、少し声が大きくて、ソファにいた真奈美が怪訝(けげん)な顔を向けてくる。「なに？」と問う真奈美に、「なんでもないよ」と笑顔で返事をして、聖也は夕食まで少し眠ろう、と目を瞑る。昨日は営業明けに、後輩にせがまれて飲みに行ってしまった。最近、酒に弱くなった気がする。安い居酒屋の、何が入っているのかもわからないようなハイボールのせいだろうか。少し二日酔い気味だ。

　ぐわんぐわんする頭を横に向けて、聖也は眠ることに集中した。


　午後六時から始まった食事は、満足のゆくものだった。決まりきったメニューの食事をすることを好まない聖也は、食事のつかないプランを予約していた。

インスタ映えするだけのフランス料理が蔓延る昨今の東京ではお目にかかれないような、茶色くて濃厚な料理はどれも旨かった。

何より、真奈美の食べ方が気に入った。聖也は、食べ方の汚い女が苦手だ。その点、真奈美の食べ方は申し分ない。

彼女は、メインディッシュの虹鱒のソテーを、魚料理用のナイフを器用に使って、見事に平らげた。真奈美が食べ終わったあとの皿には、二本の骨と付け合わせのレモンだけが綺麗に残されていた。

「やっぱ真奈美ちゃん、いいよね」

「え、なにが」

「真奈美ちゃんはさ、食い方が綺麗じゃん。すげぇいいことだと思う」

「……うちの親、厳しかったからね」

真奈美は、どこかバツの悪そうな顔で、じっと自身の右手を見つめている。真奈美が何を考えているのか、聖也にはわからない。

「でも、偽物だから」

「え？」

「あたしはさ、本物じゃないもん。うち、もともと百姓だし」

聖也は、ボルドーの赤ワインが少し残ったゴブレットを傾けたまま、真奈美の言葉をゆっくり反芻(はんすう)する。

「……じゃあさ、真奈美ちゃんにとって本物ってなに」

「聖也の家って、お父さん商社マンだっけ」

質問に質問で返されて、聖也は「うん、そうだよ」と頷(うなず)く。客に家庭環境の話をすることは少なかったけれど、真奈美には話したことがあった。

「俺の家も、偽物？」

「いや、聖也は本物。最初からね」

真奈美はゆっくりと、周囲を睥睨(へいげい)しはじめる。百五十席を超える広いメインダイニングルームの、半分ほどが埋まっている。上質な綿のシャツにツイードのジャケットを羽織った、一人客の老紳士。リゾートに合わせた、センスの良いスマートカジュアルの若夫婦。騒ぎ立てることのない子ども連れの家族。

「たぶんあのひとたちも、本物だと思う」

「へぇ。なんなんだろうね、本物って」

のほほんとした聖也の態度に、真奈美は微妙な表情をした。もちろん、彼女の無表情に慣れた聖也だからこそ、ようやく見出すことができるほどの、微細な変化だけれど。

「あたし、あなたならわかると思ってた」

失望、というより諦めに近い声音で、真奈美は吐き出した。

5

聖也と箱根に行って以来、真奈美の心の中に焦燥感が募ってゆくようになった。

表参道の欅が、色づきはじめている。あとひと月もすれば、この並木道をイルミネーション見物のカップルたちがそぞろ歩くようになる。時の流れも、真奈美を焦らせた。

テーブルの上のロイヤル・ミルクティーは、すっかり冷めてしまった。アイリーンは親戚の葬儀があるらしく、台湾に一時帰国している。唯一の友人が不在の東京で、真奈美が会うべきひとはいない。ただ、潤と聖也を除いては。

このテラスにストーブが置かれるのも、遠い先ではないだろう。寂しさが焦りを呼び、焦りが寂しさを呼ぶ。

真奈美は何をするでもなく、ただスマホを握りしめていた。掌の中のスマホが、ぶぶぶっと震える。もちろん相手は潤だ。

「あんた、聖也と旅行行ったんですってね」

電話に出るなり、潤が詰るように言う。とはいえ、潤が本心から詰るつもりがないことを、真奈美はわかっている。お互いにそういう機微がなんとなくわかりあえるようになった。

「久しぶりですね」

つい先頃まではほぼ週に一回は顔を合わせていた潤とも、三週間会っていなかった。とはいえ、まったく会っていないわけではない。共に聖也を指名しているふたりは、店で顔を合わせることがたびたびあった。大抵は離れた席に座ることが多かったけれど、混み合っている日には、近くに座ることもあった。しかし店で会ったときは、お互いに目配せはしても、言葉を交わすことはない。それは、聖也という男を共有するふたりの間に自然と生まれたルールだ。

真奈美の言葉に、電話の向こうの潤はなかなか答えようとしない。いつもは淀みなく話し続ける潤が、今日は言葉を発しない。

「どうしましたか？」

再度の問いかけに、ようやく「あのさ」と話しはじめる。なのに、どうしてもその後が続かない。また黙りこんでしまう。このままでは、埒が明かない。

「……会いますか？」

表参道の「アニヴェルセル」のテラスにいることを伝えると、「三十分後に行くわ」とだけ答えて潤は電話を切った。あんな様子は初めてだ。何かあったのだろうか。

真奈美の胸に、ふと期待にも似た予感がうまれた。


「待たせてごめんね」と言いながら潤がテラス席に現れたときには、電話を切ってからすでに一時間が経過していた。

眠れていないのだろうか。目が、少し腫れぼったい。

「大丈夫です。どうせ暇ですし」

真奈美が答えると、潤は安堵(あんど)したようだった。潤は、口が悪い。よく話すくせに人見知りでもあるから、初対面のひとにはつっけんどんな印象を与えがちだ。それなのに潤は、ひとに嫌われることを恐れる。ひとを不快にさせることを、半ば強迫的なまでに恐れている。だから、すぐ謝る。たびたび口にする「ごめん」という言葉は、相手に対して謝罪しているというよりも、自身を安心させるための呪文だ。そんな潤の弱さもまた、真奈美にとっては美点だった。

でも、今日の「ごめん」は、なんとなくいつもとちがう。

何も注文しないうちに、潤が煙草に火を点ける。落ち着きのない様子で、もうもうと煙を吐き出している。

「ねぇ、あのさ……」

電話のときと同じように言い淀みながら、真奈美に何かを伝えようとする。真奈美はただ、潤の瞳が青く染まってゆくさまを見ている。いざ潤が改めて口を開こうとした刹那、ギャルソンがテーブルにやって来て、注文を問う。ダブル・エスプレッソとオレッツァを頼む潤の声は、思いの外落ち着いていた。電話中からずっと真奈美と潤の間に張りつめていた、得体の知れない緊張の糸のようなものが、ギャルソンによって、断ち切られたのだろう。

「あのさ、今度さ」

潤は、覚悟を決めたように言葉を続ける。

「聖也と、あんたとあたしの三人で、やってみない？」

真奈美は、予感が正しかったことに慄えた。

「したい。わたしもしてみたいです」

迷いのない答えに、潤は一瞬驚いたような顔をしたあと、優雅に笑った。

その日からちょうど一週間後の水曜日の夜、真奈美と潤は歌舞伎町で落ちあった。

「にいむら」で一緒にすき焼きを食べてから、「ＡＮＤＡ」に向かう算段になっている。

真奈美が旧コマ劇前に着いてみると、そこにはいつも通りの格好で、いつも通りに落ち着きなく煙草をふかす潤がいた。

「おまたせ」

潤が強張った表情で「うん」と軽く右手を上げて応える。まさか決心が揺らいでいるのだろうか。そう思わせるほど、潤は緊張しているように見えた。

「あんた、なんか気合い入ってるわね」

気合いが入っているのは潤さんのほうだ、と真奈美は思う。それでも、「あんたなんか、どんなにメイクしたって無駄よ」と続けられた潤の言葉に、嬉しくなる。よかった。変わっていない。ちゃんと、いつもの潤さんだ。潤の口の悪さにほっとして、思わず苦笑が漏れる。そして、口の悪い親友のことを思い出す。

アイリーンは、いま頃ふるさとで羽を伸ばしていることだろう。この「計画」のことを知ったら、驚くだろうか。いや、彼女ならきっと「ふぅん」と言うだけだろう。そんなことを思うと、嬉しさが増した。

週半ばということもあって、「にいむら」は空いていた。地下一階の、パーティションに囲まれた席で、ふたりですき焼きを突く。

「今日はあたしがドンペリ二本入れるわ」

　生卵を割り箸でちゃっちゃと溶きながら、潤が意を決したように言う。ぶっちぎりのエースである真奈美と、三本の指に入る太客の潤が連れ立ってドンペリを二本入れるとなれば、聖也がアフターに付き合わないなんてことはないはずだ。ましてや明日、「ＡＮＤＡ」は店休日である。考え尽くした上で、今日という日に決めたのだ。

　本当は、真奈美がドンペリやアルマンドを入れたっていい。でも、今日は、計画の発案者の潤を立てるべきだろう。

　健啖家（けんたんか）の潤が、あまり食べていない。そんなところからも、潤の迷いの片鱗（へんりん）が見える。だからこそ、潤がシャンパンを入れて、迷いも何もかも払拭するべきだと思った。

「にいむら」を出たふたりは花道通りを歩く。男女で歩いていれば、客引きたちに声をかけられることもない。いつもはしつこく声をかけてくる客引きが、今日は目も合わせない。

　わたしが明日死んだとしても、この街の日常は続いてゆくだろう。わたしと潤さんと聖也の三人が、ベッドで体を重ねたとしても、この街は何も変わらない。

　変わるのは、わたしたちだけだ。

　潤さんは、何を求めて３Ｐを提案したんだろう。潤さんは、何になろうとしているのだろう。通いなれた道のりが、今日はやたらと遠く感じる。潤さんの緊張がわたしに伝染ったのかな。いや、そんなことはないはずだ。わたしは、今日の行為には何も期待していない。わたしが表参道でこの提案を聞いたときに「予感」を抱いたのは、この行為に期待しているからじゃない。潤さんというひとが、わたしの同志であることに期待したんだわ。

煙草をくわえてさくさくと歩く潤の後ろ姿を見ながら、真奈美はそんなことを思った。

「ふたり一緒なんて珍しいね」

今日の聖也は、ウェーブの黒髪をなでつけることなくふわふわとさせていて、どことなく幼く見える。十一時ということもあって、店内はほぼ満席だ。

V卓では、ミルクティー色の髪の派手な女が、ヒマラヤのバーキンを膝にかかえたまま、リシャールを飲んでいる。店で何度か居合わせたことのある、美容外科の女医だった。彼女は、アイリーンの指名するナルキのエースだ。

勝ち気なアイリーンは、なんでも一番にならないと気が済まない。「AND A」に通いはじめた当初は、ナルキはまだ新人ホストだった。アイリーンはたちまち、ナルキのエースになった。

アイリーンが通いはじめて半年が過ぎた頃、ミルクティー色の髪の女医が「AND A」に来るようになった。彼女は初回で、いきなり一本百五十万円のリシャールを入れた。その日、ナルキのバースデー・イベントをパスしてしまった詫びも兼ねて珍しくドンペリ・ロゼを入れていたアイリーンは、アフターでナルキに抱かれるつもりだった。それなのに初回の、ブスな美容外科医にまんまと奪われたのだ。聖也によれば、そのときのアイリーンの悔しがり方と怒りは相当なものだったらしい。

　しかし、アイリーンの怒りがナルキ本人に向かうことはなかった。アイリーンはホストクラブのそういう無情なシステムを、そして何より経済を、よく弁えていた。だから彼女は、売上で女医にかなわないとなるとすぐに、ナルキの「指名本数エース」になるべく、方針転換した。アイリーンは、週に何度もナルキのもとへ通った。アイリーンの健気なまでの献身は、女医の並外れた消費と相まって、ナルキが永くこの店のナンバーワンであり続けることに貢献した。ライバル関係であるはずの二人の女による一人の男のための奇妙な共同作業は一年近く続いたが、アイリーンはほどなくしてナルキに飽きた。たまたま初回で行った系列店の「Bloody」で、新たなお気に入りを見つけたのである。

　いまでは「Bloody」にせっせと通い、「AND A」には二ヶ月に一度現れればいいほうだ。そういえば、三人で初めてこの店に訪れたときも、アイリーンの卓に着いたナルキが、「最近会えなくて寂しいよ」なんて言っていたっけ。

あれからまだ三ヶ月しか経っていない。そしていま、三ヶ月前に出会ったばかりの三人が、セックスをするために、ひとつのテーブルに着いている。この三ヶ月で、真奈美の生活は変わった。でも、真奈美自身は変わっていない。腫れぼったい一重まぶたと荒れた肌は相変わらずだし、本物への渇愛はふくらむ一方だった。変わったことといえば、たびたびの送金依頼のメールに嫌気が差したらしい岩手の母からの連絡が大幅に減ったことくらいだ。それはむしろ、真奈美の想定内だった。

真奈美は、とにかく金を使うことに必死だった。藤木家の金を使い果たすことで、家も、真奈美自身も、浄化されてゆくような気がした。

それでもまだ、何かが足りない。今日の3Pが、その何かを埋めてくれるとは限らない。ただ、聖也という男を挟んで潤とつながることに、意味があると思いたかった。

「最近あたしたち仲良いのよ。ご飯もよく行くしね」

潤は緊張を隠したいのか、いつも以上に愛想が良い。そして、今日はよく飲む。潤がキープしていた「JAPAN」のボトルは、半分以上残っていたのに、ものの二十分で空いた。このペースでいけば、二本目もすぐに空くだろう。

十二時になり、内勤がラストオーダーを訊きに来る。一瞬、潤の目に戦慄が走ったように見えた。

「今日はあたし、なんか気分がいいの。ドンペリ二本入れるわ」

聖也は、軽く目を見開いた。灰青色（アッシュブルー）のカラーコンタクトを装着した目が、シャム猫みたいだ、と真奈美は思った。

「どうしたの潤ちゃん。最近は大人しかったのに」

ああ、既視感がある。初めて来たときも潤さんはシャンパンを開けたんだった。あの日はアルマンドだっけ。「潤ちゃん、大丈夫？」と聖也が確認している。そんなところまで、あの日とまったく同じだ。あの日を境にわたしの生活が変わったように、きっと今夜でわたしの中の何かが変わる。目の前で繰りひろげられるやりとりに、真奈美はどうしても期待してしまう。

「酔ってて憶（おぼ）えてない、なんてダメだからね」

聖也がヘルプを内勤のもとへ走らせる。潤が、真奈美に小さくウインクをする。計画が、いよいよ動き出したのだ。潤に、もう緊張や迷いは見られない。

6

閉店時刻の午前一時に店を出た真奈美と潤は、ミーティングを終えてから合流する聖也を、新宿二丁目で待つことにした。

潤は、この小さな街のあちこちで顔が利く。

「あら潤ちゃん、女連れなんてどうしたのよ」

三十メートル進むたびに、声がかかる。

二丁目は、人間の交わりが濃い街だ。

岩手ではそれが当たり前だった。街のひとは大抵、真奈美の顔を知っていて、いつもにこやかに声をかけてくれた。その裏で、真奈美の家族を嘲笑(わら)っていた。

岩手の記憶には、いつも人々の微妙な表情が付きまとう。新宿に、真奈美の「偽物の血」を見抜くひとはいない。新宿は、郷里以上に懐かしい場所になった。

潤にとってもそれは同様なのかもしれない。世田谷の高級住宅街で生まれ育ったとはいえ、潤の本籍は山梨の田舎に置かれているという。山梨に帰るたびにきっと、あの嘲笑にさらされてきたことだろう。潤はよく「うちなんて、所詮戦後成金よ」と自嘲する。

潤もまた、血のコンプレックスと共に生きてきたはずだ。

先ほどまでの緊張が嘘のように、いつも通りの自信ありげな顔で、潤は仲通りを闊歩している。声をかける人々に、にこやかに小さく手を振り返しながら、二三の言葉を交わして、また歩き出す。さっきからそれを繰り返している。潤はどこの店に向かうつもりなんだろう。目的地はあるのだろうか。


ほどなくして、ふたりは一軒の店に入った。真奈美にとっては初めての店だ。仲通りから路地を入ってすぐの、小さな雑居ビルの一階だった。ドアの塗装はほとんど剝げてしまっている。わずかに青の痕跡が残ったドアを開けると、独特なS字形のカウンターがあって、その中に、日本人ばなれした顔立ちの男がひとり立っている。

「潤ちゃん、いらっしゃい」

「ママ、お久しぶりです」

滅多に敬語を使わない潤が、敬語で挨拶をした。

「はじめまして、かしら」

「ママ」と呼ばれた男に話しかけられて、真奈美は咄嗟に「はじめまして」と返した。

「いらっしゃい、潤ちゃんが女の子連れてくるなんて珍しいのよ」

ママがおしぼりを出してくれる。真奈美たちの他に客はない。潤は、カウンターの一番奥の席に座って、さっそく煙草に火を点けている。あたしＡＤＨＤ(注意欠陥・多動性障害)だからさ、と言って、潤はいつも忙(せわ)しなく体のどこかを動かしている。潤にとって喫煙という行為は、最も自然にその疾患による発作的欲求を満足させてくれるらしい。とはいえ、煙草だけでは足りないらしく、よく貧乏ゆすりもする。いまも、右手でマールボロをスパスパとやりながら、左脚を揺らしている。

「待ち合わせ？」

「ええ」

潤の丁寧な口調に、真奈美はやはり少し戸惑う。

「潤ちゃんね、昔少しだけど、うちで働いていたのよ」

ママが秘密をこっそり打ち明けてくれるような顔で、真奈美に告げた。

「潤さんが昔バイトしてたのって、ここだったんだ」

かつて潤から、二丁目で店子(ミセコ)をしていたことを教えられたことがあった。

アイリーンいわく、二丁目で働く前の潤はオネエ言葉で話すようなことはなかったらしい。そのことについて、潤にたずねてみたことがある。

「オネエで思いきり話すのが、たまらなく気持ちよかったのよ。それにあたしがいつもオネエで話すようになればさ、みんな嫌でも気づくでしょ。あたしたちみたいなゲイが、すぐ隣にいるんだ、って」

そう答える潤の声が、どこか誇らしげだったのを覚えている。

潤は相変わらず忙しなく煙草を吸いながら、ママと楽しそうに話している。

今日という日に、なんでかつて働いていたこの店を待ち合わせ場所に選んだのだろう。吹っ切れたように見えて、まだ緊張しているのだろうか。潤はママとずっと敬語で話し続けている。潤にとってママは、文字通りの「母」なのかもしれない。そんな母のいる店で、聖也を待っている。これから起こることへの不安や期待を、ママに消し去ってもらうために、潤はこの店を選んだのだ、と思う。ママの胸でまっさらになって、聖也と、そしてわたしとつながりたいのだろう。

「あら、聖也からだわ」

潤のスマホが震えている。潤が「もしもし」と電話に出る。こうした些細な行為のひとつひとつが、儀式としての意味を持っているような気がする。

「シュープ」にいるから、と店名を告げて電話を切った潤に、「聖也くんかしら？」とママが問う。

「不思議よね、あたし、聖也とマクラするときは、いつも必ずノブオママのお店に来るのよ。別に何を考えているわけでもないんだけど」

やはり潤は、母の目で確かめてほしいのだ。いまの自分が、正しいレールの上を走っているのかどうかを。母に背中を押してほしいのだ。いま、目の前にあるレールの上を走りさえすればいい、と。そんな潤の臆病さが、真奈美はたまらなく愛(いと)おしかった。

「おまたせ」

聖也がボロボロの扉を開けて入ってくる。「ノブオママも、お久しぶりです」と挨拶をしている。聖也にとっても、この店の扉をくぐり、ノブオママからおしぼりを受け取ることが、潤という男を抱くための儀式なのかもしれない。

「相変わらずいい男ね、あんたは」

「ママも可愛(かわい)いよ」

聖也がにこりと笑う。これもきっと、何度も繰り返されてきた儀式だ。そんな儀式の空間に、招かれている。それが真奈美には嬉しかった。

7

三人での特別な一夜に、潤が安っぽいラブホテルを選ぶはずがなかった。

新宿二丁目からタクシーを拾って、恵比寿(えびす)へ向かう。潤は今夜の舞台に、ウェスティンを取っているらしい。

「ウェスティンって大したことないホテルだけどさ、ベッドがいいのよ。あのヘブンリーベッドがね」

かつて潤が言っていた言葉を思い出す。ホテル業を営む家に生まれた潤が一家言(いっかげん)あるのは当然で、お茶を飲んでいるときや食事の折にもたびたび、ホテルについて語って聞かせてくれる。聖也とふたりでいるときにも、きっとそんな話をしているのだろう。真奈美は、聖也との箱根旅行を思い出していた。聖也ならば、きっと潤との会話も弾むはずだ。

潤はよく、東京には本物のホテルがない、と言う。

「前のオリンピックの頃にさ、帝国ホテルのライト館を壊しちゃったわけよ。あれは、金閣寺放火事件以上の、文化的大罪だと思うわ」

そういえば、オークラの取り壊しについても随分怒っていた。そういう潤が今日という日にウェスティンを選んだのは、ベッドが気に入っている、という理由だけではない気がする。真奈美はスマホを片手に、窓の外の明治通りの風景を眺めている。渋谷駅前の工事のせいで、タクシーはちっとも進まない。深夜二時半だというのに、街には人や車があふれている。そんな街の中で、三人はいま、同じ目的地を目指している。

「ああ、やっぱり今日は気分がいいわ」

ほろ酔いの潤が、しみじみとした様子で呟く。「そう？　よかった」と聖也が返す。真奈美はスマホで、何気なくウェスティンについて調べている。そんなちぐはぐな三人が、これからヘブンリーベッドの上でセックスをするのだ。

タクシーは、渋谷橋の交差点を曲がろうとしている。恵比寿ガーデンプレイスはすぐそこだ。

「おつりはいいわ」

ウェスティンの車寄せに着くなり、潤はレシートも受け取らず、タクシーから降りた。後部座席の真ん中にいた聖也がそれに続き、そして最後に真奈美が降車する。車寄せにドアマンの姿はなかった。晴れた夜の恵比寿の空気は、澄んでいて気持ちいい。あの日の、学校の屋上の空気に似ている気がした。真奈美と潤が会う日に、雨は降らない。

潤はレセプションでチェックインをしている。夜勤のスタッフは、深夜にほろ酔いで現れた三人の若者をどう思っているのだろう。わたしたちがこれから三人でセックスをするなんて、彼は想像しているだろうか。聖也が潤さんを抱く。潤さんがわたしを抱く。わたしが聖也を愛撫しながら、潤さんがわたしを愛撫する。それとも、潤さんが聖也を？　聖也が潤さんを？　可笑しさがこみ上げる。潤がチェックインの手続きを終えても、レセプショニストは、真奈美と聖也にはついぞ目もくれなかった。

潤がカードキーの入ったケースをもてあそびながら、ロビーのソファで待つ真奈美たちのもとへ歩いてくる。その目に不安や迷いはないけれど、かと言って覚悟もなさそうだ。

十六階でエレベーターを降りた三人は、腕を組むでもなく、微妙な距離感で客室まで歩いてゆく。潤が、ドアの前で立ち止まる。ケースからカードキーを取り出して、不器用な手つきでドアノブの下に挿し込もうとしている。酔っているのだろう。なかなかうまく開けられない。

やっとドアが開いて、三人が部屋へとなだれ込む。潤は部屋の中の黒い柱に寄りかかりながら、フェラガモの青いスニーカーを脱ぎ捨てようとしている。脱ぎ終えると、そのままソファに倒れ込んだ。

「とりあえず、ビールでも飲みましょ」

潤の提案に「オッケー」と返した聖也が、ミニバーからヱビスビールの缶を二本取り出した。「真奈美ちゃんも飲む？」と小首を傾げてたずねる聖也に、首を横に振る。ビールなんか、どうでもよかった。早く三人でつながってみたかった。どんな風に潤が聖也に抱かれるのか、見てみたかった。

ソファに横になったまま、潤はビールを飲んでいる。そんな潤を気にするでもなく、聖也はライティングデスクの椅子に腰かけて、スマホをいじっている。ふたりの距離が、もどかしい。

「潤さん、わたしシャワー浴びてきていい？」

潤は、ゆっくりと二回瞬きをした。

スナイデルの黒いチュールコートをクローゼットの中のハンガーに引っかける。バスルームの鏡の前に立つと、そこには相変わらずの、地味な顔が映っている。一緒に旅行までしたのに、真奈美が聖也に裸体をさらすのは今日が初めてなのだ。おそるおそる、リリーブラウンのネイビーのブラウスを脱ぎ捨てる。黒いブラジャーと白く乾いた肌が、ひどくミスマッチな気がしてくる。わたしは、本当に可愛くない。こんな可愛くないわたしを、潤さんは選んだ。聖也という車軸を挟んだ、両輪の片割れとして。わたしたちは、どこへ向かうのだろう。そんなことを考えながら、鏡の前で、真奈美はすべてを脱ぎ去った。

シャワーを済ませて、バスローブを羽織った真奈美がバスルームを出ると、潤と聖也がソファの上でキスをしていた。潤の細い腕が、聖也の意外とたくましい首に回されている。聖也の黒いシャツははだけていて、白い肌と、くっきりとした鎖骨をさらしている。唇と唇がくっついては離れて、そのたびに湿った音がする。

ふたりの湿った絡みの中に、わたしがまざっていいものだろうか。わたしがまざることで、目の前のふたりの、ちぐはぐなのに完璧な均衡が、壊れてしまわないだろうか。真奈美は、躊躇(ちゅうちょ)した。というよりも、目の前のふたりの終わらないくちづけに、見とれていただけなのかもしれない。

「おいで」

聖也が真奈美を呼ぶ。引き寄せられるように、真奈美は聖也と潤が絡みあうソファへよろよろと近づいてゆく。聖也が、バスローブの紐(ひも)を引く。蝶結びにしてあった紐は、いとも簡単にするりとほどけてしまう。前がはだけて、生白い肌が露(あらわ)になった。いつの間にか、部屋の照明は暗く落とされている。

真奈美は、白い上半身にちんまりと咲く二輪の撫子(なでしこ)のような乳輪の可愛らしさだけが自慢だ。でも、この暗さではきっとその色も判然としないだろう。ふたりとも、真奈美の容姿なんかどうでもいいのかもしれない。潤にとって真奈美は、目的地へ確実に至るための片割れに過ぎないし、聖也はそんな二つの車輪をつなぐ車軸でしかない。そういう無機的な感じが、とてもいいと思う。

真奈美は、聖也に腕を絡めてくちづけている潤の首すじを軽くなぞった後、ふたりの間に分け入った。シャワーを浴びていない生の男の汗と、潤のジバンシイの女物の香水の匂いが一緒くたになって真奈美の鼻腔にしのびこむ。くらくらする。潤はひと言も話さない。時折、「ん……」と声を漏らすだけだ。声と一緒に、酒の匂いも漂ってくる。さっきのヱビスビールと、ノブオママの店のお茶割り、「ＡＮＤ Ａ」のドンペリが全部混ざり合って、甘い匂いが生まれている。

聖也の首すじからは、制汗剤のような匂いが漂ってくる。なんだか高校時代の体育の時間を思い出す。女子更衣室で何度も嗅いだ夏の匂いだ。あの頃、この匂いは意味を持たなかった。それがいま、とても淫らで、甘くて、やさしい匂いとして真奈美に迫ってくる。

「ベッド、行きましょ」

潤がやっと口を開く。真奈美は、はっと目を覚ましたかのように立ち上がる。

「うん、ベッド行こう」

こんなときに、わたしはなんで律儀に返事をしているんだろう。こういう冷静さと余裕を早く捨てたい、と思う。

潤が、整えられたヘブンリーベッドに寝転ぶ。身を捩りながら、黒いスキニーパンツと、黒のVネックのTシャツを脱ぎ捨て、床へ放り投げる。真奈美も、潤の横へすべり込む。そして、聖也がベッドに浅く腰かけた。黒いシャツのボタンを手際よく、それでいて丁寧に外してゆく。こういう所作に、聖也の育ちの良さが滲み出ているような気がする。座ったまま器用にスキニージーンズを脱ぐ。ＤＩＥＳＥＬの黒いボクサーパンツ一枚になった聖也が、ベッドの中にすべり込んでくる。聖也は真奈美と潤の間に収まる。まるで、自身が車軸であることを、弁えているかのようだった。

そもそも三人は、誰も「セックスしよう」なんて口にしていない。すべてが、オートマティックに進んでいる。それこそが、この三人の関係において相応しいあり方であるような気がする。二つの車輪の間に、オートマティックに車軸が取り付けられて、やっと三人は同じ方向へ行けるのだ、と真奈美は思う。

「胸、綺麗だね」

聖也が真奈美の胸に顔を埋める。右手の指で、荒く息をする潤の首すじを撫でている。淡すぎる刺激にしびれを切らした潤が、聖也を背中から抱きすくめる。そして、シーツの中でがさごそと動いて、潤は水色のローライズボクサーパンツを脱ぎ捨てた。潤の性急な様子に、真奈美の胸を揉みしだいている聖也が苦笑する。聖也は、一旦真奈美の胸から手を放すと、黒いボクサーパンツを脱いで、潤の顔の横にそっと置く。やおら身を起こした潤が、その下着に顔を埋める。

「ああ、聖也の匂いがする」

潤は、聖也の下着の匂いをひとしきりすんすんと嗅いで、やがて名残惜しそうに、それをはらりと床に落とした。

「相変わらず匂いフェチだね」

優しげな笑みを浮かべながら、聖也は潤を見つめる。潤の目は、恍惚としたまま、中空をさまよっている。浅黒い肌が、紅潮している。聖也の首すじも、紅く色づいている。ずっと揉みしだかれていた、真奈美の胸も。

わたしたちの意思を離れて、三人の肌が同じ色に染まる。

わたしたちは、わたしたちの意思ではなくて、形而上学的な何かに導かれて、裸で身を寄せ合っている。潤が、三人でしようと言い出したのも、ウェスティンを選んだのも、聖也の下着の匂いを嗅いでいたのも。全部、意思を離れた自然のことわりであるにちがいない。そして、これから三人で繰りひろげる行為もまた、その延長線上にあるのだ。真奈美はそう信じた。

潤がのそのそと体を起こして、聖也の股間に向かって顔を下ろしてゆく。聖也は、再び真奈美の胸を愛撫しはじめる。聖也の口と、真奈美の上半身から、湿った音が響きはじめる。

ふいに、あの水底に沈んでゆく感覚が真奈美を襲う。真奈美は必死で、聖也の首すじにむしゃぶりついた。聖也の性器が、潤の口から離れる。潤は半ば呆然としながらも、聖也の乳首に舌を這わせはじめる。聖也が真奈美の上へ覆いかぶさる。細く長い指が真奈美の性器を、丁寧に触りはじめる。潤は、聖也の背中にしがみつく。

聖也の硬くて形の良い性器が、真奈美の中に割って入ってくる。名状しがたい圧迫感と熱が、真奈美の体を充たしてゆく。真奈美は、ふいに潤が心配になる。ゆっくりと律動する聖也の肩越しに、真奈美は潤の姿を探す。潤は、聖也の背中にしがみついたまま、自身の性器を擦っていた。

「潤ちゃん、素股していいよ」

動きを止めた聖也が、背中の潤に言う。潤は、「あたし、ネコなんだけど……」と戸惑っている。声が、湿っている。行為がはじまってから、わたしも潤さんも、ほとんど声を発していない。声なんか、言葉なんか、走り出したわたしたちには必要ないのかもしれない。

「ほら」と言って、聖也が潤の性器に指をかけて、自身の両の太股の間へと導く。潤がおそるおそる体を前に進める。

「すごい汗ね。よく滑るわ」と、潤が余裕のない声で言う。両脚をきゅっと閉じた聖也が、再び律動をはじめる。聖也の肩の後ろで、潤が喘いでいる。真奈美は、聖也を受け入れながら、潤の恍惚の表情と向き合っている。こんなに近くにいるのに、真奈美と潤は一切触れ合っていない。癖のある前髪を汗で額に張りつけた潤と、ふいに目が合う。わたしだけが聖也とつながっていて、潤さんはつながっていない。ただ、聖也の太股に性器を擦りつけているだけだ。そんな気まずさのせいなのだろうか。真奈美としばし向き合ったあと、潤はたまらなそうな顔をして、目をそらした。

三人がそれぞれ果てて、行為が終わったときには、午前九時を回っていた。汗と精液で濡れた体のまま、潤が立ち上がる。そして窓辺に行って、カーテンを開け放った。窓の外は思ったよりも暗かった。真奈美は、雨が降っているのだと思った。昨日は秋晴れだった東京が、今朝は霧雨にけぶっている。

潤さんと雨、似合わないな。そう思いながら、真奈美は目を閉じた。

聖也は、すでに眠りに落ちているようだった。

8

　三日後、真奈美は発熱した。起き上がることができないほどではないけれど、朝十時に寝汗の鬱陶しさで目覚めてから、ずっと頭に霧がかかっている。真奈美は、体温計を持っていない。だから、本当は熱なんかないのかもしれない。でも、汗ばんだ額に掌を当てると、ひんやりと気持ちがいい。やはり、熱はあるのだろう。

　午後になっても、熱が引くことはなかった。そういえば、かれこれ一ヶ月以上、アイリーンに会っていない。熱に浮かされた脳裏に、彼女の露悪的な笑顔が浮かぶ。もう、台湾から帰国しただろうか。いや、まだ帰ってきていないのだろう。ひょっとしたら、このまま帰ってこないかもしれない。何にも縛られず奔放に生きる彼女ならば、それもありうる。あの気の置けない友人が、幸せならばそれでいいと真奈美は思う。それでも、何にも惑わされることのなさそうな彼女の生き方を、もう間近で見られないかもしれない、と思うと、寂しいような気がする。寂しい？　ひとに対してのこんな感情が、まだわたしの中にあったなんて！

　今日の真奈美は、どこかメランコリックだ。

午後六時になった。頭の中の霧はまだ晴れない。三日前の朝の霧雨を思い出す。あれは、本当に霧雨だったのだろうか。レイトチェックアウトで午後二時過ぎにホテルを出たとき、外は晴れていた。潤さんと一緒にいるときに、雨は降らない。だとすると、あの霧雨は、幻だったのかしら。

あの日、潤さんは聖也とつながらなかった。わたしだけが聖也とつながった。それとも、潤さんはつながりたくなかったのかな。いや、つながれなかったのかもしれない。男性同士のセックスは、色々と下準備が大変だと、潤と行ったゲイバーの店子（ミセコ）が教えてくれたことがあった。

潤さんは、たしか「ネコ」だと言っていたっけ。だとすると、潤さんは聖也を受け入れる側だということになる。つまり、わたしが聖也を受け入れている限り、聖也が潤さんの中に入ることはない。わたしたちは、何か根本的な、大きなミスを犯したのかもしれない。それならば、そのことを、潤さんに伝えなきゃ。このままじゃ、車軸を失くしてしまう、ということを。車軸がなければ、わたしたちは目的地まで走れない、ということを。そもそも、目的地ってどこだっけ……。

終わりのない真奈美の思考を、スマホのバイブレーションがふいに打ち砕く。聖也の名前と、「今日、来れない？」という文字が見える。十秒ほど経つと、画面は消えた。

時刻は午後十時半だった。

　真奈美は重い体を起こす。裸足(はだし)でぺたぺたとバスルームへゆく。体調は良くないけれど、今夜は聖也に会わないといけないような気がした。

　シャワーを浴びて、シーバイクロエのシンプルな紺のミニワンピースを着る。クローゼットから、去年の誕生日にアイリーンがプレゼントしてくれたブラックレーベルのトレンチコートを取り出して羽織る。

　熱があるからだろうか。いつも以上に、すべてがオートマティックに進んでいる気がする。この間、三人でしたときもそうだった。やっぱりこの感じが好きだ、と思う。そして、どうしても、つながれなかったときの潤の顔を思い出してしまう。

　あのオートマティックな流れの中で、唯一作為めいていたのが、潤と聖也の素股だと思った。すべてが流れるように進んでいたのに、あの瞬間だけ、流れが止まった。

　あれはやっぱり、つながらなかったんじゃない。つながれなかったんだろう。訊きにくいけれど、今度潤さんに訊いてみよう。

　真奈美は化粧ポーチをフェンディのハンドバッグの中に突っ込む。玄関に脱ぎっぱなしになっているブルーノマリの淡い水色のパンプスを履いてドアを開けた。外は小雨が降っている。今日は店で潤に出くわすことはないだろう。

潤さんは雨の日に外出しない。

潤さんに、雨は似合わない。

あの日の霧雨は、幻だったのだ。

真奈美はマンションの前でタクシーを拾った。


「間に合ったね。よかった」

ラストオーダーの十二時ぎりぎりで駆け込んだ真奈美の席に、すぐに聖也がやって来る。暇なのだろう。混み合っているときには、他の指名客のところを回ってくるから、なかなか真奈美のところには来てくれない。

「潤さん、あれから来てる?」

「来てないね」

なんとなく、潤はしばらく店に来ないような気がした。潤が来ないとなると、真奈美が金を使わなければ、聖也はナンバー2の地位をキープできないかもしれない。聖也自身はナンバーに拘っている感じではないけれど、真奈美は聖也に協力したいと思った。

頭の中の霧は、もう晴れている。この分なら、飲めないことはないだろう。内勤がやって来て、ラストオーダーを問う。

「じゃあ、ドンペリ。ゴールドで」

真奈美がオーダーを告げると、聖也が少し目を丸くした。

「どうしたの?」

いままでも、ドンペリやクリュッグは入れたことがあった。しかし、ゴールドは入れたことがなかった。この店で一本五十万円する酒を、何で突然入れようと思ったのかわからない。実家からの今月分の仕送りは、もう使い果たしている。今日は、売掛にせざるをえないだろう。それでもいい、と真奈美は思った。いま一歩を踏み出さなければ、あの日聖也とつながれなかった潤が浮かばれないような気がした。

「なんとなく、ゴールド飲んでみたくて。売掛でいい?」

「俺は嬉しいけど……。真奈美ちゃんが売掛なんて初めてじゃない? 大丈夫?」

潤がシャンパンを入れるときも、聖也は必ず「大丈夫?」と問う。聖也の言う「大丈夫」は何に対しての「大丈夫」なんだろう。経済力に対してなのか。精神状態に対してなのか。あるいは、将来に対してなのか。

「AND A」グループの売掛金は、翌月五日が清算日だ。まだ二週間近くある。その間に金策を尽くせばどうにかなるだろう。最悪の場合、家族カードもある。そういう意味では、真奈美は経済的に「大丈夫」だ。精神状態は? 頭の霧はすっかり晴れている。

将来は？　いま真奈美がここで消費の限りを尽くすことこそが、真奈美の望む将来のためだ。

聖也の目を見て、真奈美は力強く「大丈夫」と頷いた。

ドンペリ・ゴールドのシャンパンコールは、かなり長かった。真奈美はシャンパンコールが好きではない。派手なコールをすることで、他の客の競争心を煽ること。高額な酒を入れた客を称賛すること。それがこのセレモニーの目的だとわかっているけれど、真奈美にはどうしてもしっくりこない。それは、真奈美にとって「消費」が、享楽や自己満足を超えた、崇高な行為になりつつあるからかもしれなかった。

最近では、「ＡＮＤ Ａ」以外のホストにも行くようになった。キャッチの男に誘われて初回に行っては、送り指名をしたホストと営業メールのやりとりを楽しんでいる。初回では終わらず、本指名を入れた店も二三軒ある。しかし、どの店にも足繁く通うことはなかったし、何より他のホストに対して、特別な感情が湧いてくることはなかった。真奈美にとって、聖也以外のホストは、家の財産を使い果たすための手段に過ぎない。

ただ、聖也はちがう。聖也についてだけは、真奈美は彼のエースであることに拘った。それは、聖也が真奈美にとっての初めてのホストであるからかもしれないけれど、主な理由はやはり潤の存在だ。

潤とは、聖也を挟んでしか向き合うことができない。この間の3Pで、真奈美と潤は直接的には一度も触れ合わなかった。直接触れたのはただ一度、ソファで聖也とキスをする潤の首すじをなぞったときだけだ。しかし真奈美は、そのときの潤の生身からではなくて、行為の最中に聖也の肩越しに目が合った刹那にこそ、潤のたしかな熱を感じた。あのとき、少なくとも真奈美と潤は、つながった。

潤が聖也の中に入っていたら、潤ともっと深くつながることができたのだろうか。肩越しの潤の顔が、さらに熱を帯びて、淫らに歪んだのだろうか。いや、あれでよかったのだ。性器の抜き差しを超えたつながりが、あの瞬間にありえたのだ。真奈美には、それで充分だった。では、潤は？　彼にとっては充分だったのだろうか。もっと深く、熱い肉体的つながりを求めていたのではないか。

潤は頭がいい。真奈美が聖也を受け入れている以上、自分が同時にはつながりえないことくらい、わかっていたはずだ。なのに、あのとき潤は戸惑っていた。三人が同時につながれない現実に、焦っていた。そう遠くないうちに、もう一度三人でしたい、と潤は言い出すだろう。いま頃、その方法を考えているはずだ。いつか来る次の機会のために、真奈美はなんとしても聖也をつなぎ止めなければならない。目の前のフルートグラスに注がれているシャンパンは、絶対に必要なものだった。

「ゴールド、久しぶりだな。最近アルマンドばっかりだから」

聖也は、この間の3Pなどまるでなかったかのようだ。

それでいい。それでいいんだ。もう一度潤さんとつながるためには、聖也にはそのままでいてもらわなければ困る。

真奈美は、潤がどうして三人でしたいなどと言い出したのか、わかってきている。

真奈美は、潤を愛していることに気づいている。

9

潤は焦っていた。

真奈美に出会った当初から予兆はあったけれど、三人での行為以後、焦りはいよいよ無視できなくなっていた。

出会いの瞬間から、真奈美は潤にとって気になる存在だった。アイリーンから聞かされていた彼女の生い立ちは、潤にとって取るに足らないものだった。潤の通っていたエスカレーター式の私立校には、現役大臣の子息や大企業の御曹司、名家の子どもたちがごろごろいた。彼らに比べれば、地方の県議の家なんて、大したことはない。

「ＡＮＤ Ａ」に向かう道すがら、真奈美の家の話になったとき、彼女は「まあ、うちなんて所詮百姓なんで」と言った。あのときの真奈美の無表情が、忘れられない。潤という印象に残りやすい人物に対して、何の感興もないのか、表情ひとつ動かさなかった。潤の真奈美への関心は、確定的なものとなった。


小学生の頃、潤がとりわけ親しくしていたのは、明治の元勲を高祖父に持つ同級生だった。家に遊びに行くと、居間には勲記や位記が、額縁に入れられて飾られていた。彼は家柄や祖先の功績をひけらかすようなことはなかったけれど、家のところどころに散らばる本物の証は、幼い潤に出自のちがいをぼんやりと認識させた。

六年生の秋だったと思う。社会科で明治維新について学んでいたときだ。教師が彼の高祖父の名前を出した。クラスの皆が潤の隣の彼を、半ばひやかすような顔で見た。そのとき彼は、ただ恥ずかしそうに顔を赤らめて、下を向いていた。

潤は、衝撃を受けた。もし潤が彼の立場であったなら、どうしようもなく湧き上がる誇らしさを爆発させたにちがいない。

それなのに、偉大な家系の裔に生まれた彼は、そんな素振りを何ひとつ見せなかった。

なんということだろう。これこそが本物なのだ。

潤は打ちのめされた。そして、当の本人以上に顔を赤らめた。あのとき、潤の赤面に気づいた級友はいなかっただろう。幼い潤にとって、目の前で本物を示されたことは、自らが偽物であると突きつけられたも同然だった。

幼稚園の頃から、「お金持ちの子」と呼ばれていた。「お金持ち」という響きの中に、幾ばくかの揶揄が含まれていたことが子どもの潤にはわからなかった。ただ、「お金持ち」と言われることが嬉しかった。

しかしあの授業で、わかってしまった。「お金持ち」という言葉に、軽い侮蔑が込められていたことに。

気づけば潤は、「うちは田舎の戦後成金だから」と自嘲する大人になっていた。

真奈美の、「所詮百姓なんで」という一言を聞いたとき、あの頃の記憶が、一斉によみがえった。このとき、潤にとって真奈美は特別になった。そうでなければ、「ANDA」で、真奈美が聖也を指名することを許すはずがなかった。

潤はいままで、女友達とホストに行っても、指名が被ることを許すことはなかった。でも、あの日は真奈美が聖也を指名したことを喜んだ。縁を感じた真奈美が、潤と同じく聖也に惹かれたことが、嬉しかった。この女は、きっと同じ場所を目指している。そう思った。

そしてついに、そんな真奈美と「寝た」。彼女と寝るためには、どうしても聖也が必要だった。真奈美に3Pを提案したときには、断られたらどうしようと柄にもなく緊張した。でも、彼女はさすが潤が見込んだ女だった。ふたつ返事で、潤の提案にのったのだから。

すべてが順調だった。普段はすんなりと予約できないウェスティンが、スマホのアプリで難なく予約できたし、チェックインの際に三人での入室をとがめられることもなかった。何より、真奈美が普段通りなのがよかった。濃いメイクをしていたり、これ見よがしな勝負下着を見せつけでもしていたら、すべてが台無しだと思っていた。でも、真奈美が潤の期待を裏切ることはなかった。

潤にとって、三人での行為は、特別であってはならなかった。当たり前のなりゆきとしてなされなければならなかった。つまり、あの日の真奈美の行動や心がまえは完璧だったのだ。そんな真奈美の「完璧さ」が怖くて、思わず心にもないことを言ってしまった。気合いが入っていたのは、明らかに潤のほうだった。

そう、順調だった流れに水をさしてしまったのは、潤だ。

男を受け入れる側のゲイとして生きてきた自身の性癖はわかっていたはずなのに、三人が同時につながりえない、という基本的な問題を失念していた。不覚だった。潤の戸惑いや焦燥を、真奈美は見抜いていたにちがいない。

真奈美は、聖也に貫かれながら、潤の目をたしかに見据えた。目をそらしてしまったのも、やはり潤だった。あの目は、決して蔑みや憐(あわ)れみの目ではなかった。同じ場所を目指す同志の目だった。それをわかっていながら、潤はその目と対峙(たいじ)し続けることができなかった。

そう、あたしは勝手に怖れたのよ。あの子があたしを置いて行ってしまうことを。

潤は、自分の臆病さが許せなかった。

大丈夫よ、大丈夫。次は、絶対にうまくやれる。あの日からずっと、自分を奮い立たせている。

何がなんでも、次の機会を設けなきゃ。

そうでなければ、あたしは本当に置いてゆかれてしまう。

10

師走に入ってまもなく、真奈美から電話が来た。

「寒いし、鍋食べませんか」

潤は最近、真奈美に連絡をしないようにしていた。3Pでの失態の気まずさもあったが、何より「次の機会」のシミュレーションを終えてから、会いたかった。だから今夜は真奈美と鍋を食べたら、二丁目で軽く二三杯飲んで帰ろう、と決めていた。

何の鍋にしようか考えあぐねたけれど、ふと、河豚(ふぐ)にしようと思った。

赤坂のなじみの河豚料理屋にさっそく電話を入れる。名前を告げると、わざわざ女将(おかみ)が電話口に出てくれて、いつもの個室を取ってくれる。「あそこのふぐ刺は、分厚く切ってあるのがいいんだ」と言っていたのは、十七年前に他界した祖父だ。潤は、皿の菊絵が透けて見えるくらいの薄造りのほうが好きだった。それでも、あの豪放磊落(らいらく)で照れ屋な祖父が、ぶっきらぼうに分厚いふぐ刺を口に運び、ひれ酒で流し込んでいた姿を、懐かしく思い出してしまう。だから「河豚を」というときには、ついつい赤坂のあの店に足が向いてしまう。

潤は、他人のテリトリーへ踏み込むことに強い抵抗感がある。

だからいままで、自分が行ったことのない店へ真奈美を連れて行ったことはないし、二丁目でも同じ店のルーティーンだ。

大胆な願望を抱きつつも、堅牢な砦(とりで)の外に出られない。そういう保守性こそ、潤が最も恥じ、どこか誇ってもいるものだった。

そんな矜持が顔を覗かせそうなときには、中学の修学旅行で訪れた阿蘇（あそ）の光景を思い浮かべる。

阿蘇という巨大カルデラの下には、大きなマグマ溜りが眠っている。マグマ溜りの上に、人々は農地を拓（ひら）き、家を建て、暮らしている。阿蘇の街がカルデラの上に築かれていると教えられたとき、潤はその儚（はかな）さに感動した。

阿蘇はかつて四度の破局噴火を起こしているという。破局噴火の勢いは凄（すさ）まじく、ひとたび起これば、九州一帯のあらゆる生物が居なくなるのだという。大火砕流は九州の山並みはおろか、関門（かんもん）海峡をも越える。膨大な量の噴出物は、東京でも二十センチ以上積もり、地表に落ちなかった分は、大気中のエアロゾルとして世界中に拡散する。地球には「夏のない年」が訪れ、それが数年にわたって続く。世界が飢饉（ききん）に見舞われる。パニックが地球を覆う。日本は、世界最貧国へと成り下がる。

とても儚い場所で、人類は富を抱きしめながら、生きている。

だから、真奈美のような生き方はしごく真っ当だ。

潤もそういう風に生きることを許されるべきだと思った。

真奈美は、約束通りの時間に赤坂に現れた。一ツ木公園の前で待ち合わせて、五丁目交番のほうへ向かってふたりで歩いてゆく。

なじみの店の暖簾(のれん)をくぐると、女将が「まあ、潤さん。本当にしばらくぶりでした」と挨拶をする。「どうも」と返して、座敷へ上がる。スーパードライの中瓶と、ひれ酒をふたつ注文する。やがて、よく冷えたグラスとビール、そして湯呑みに入ったひれ酒も運ばれてくる。仲居が器用にマッチを擦って、ひれ酒に火を点ける。つきだしの煮こごりをアテにしながら、真奈美と潤はビールとひれ酒を交互にちびちびとやる。真奈美は無表情を崩さない。

ふぐ刺が運ばれてくる。東北育ちの真奈美は河豚なんかあまり食べないだろうから、この厚さを気に留めていないだろう。いま、このふぐ刺の不器用な分厚さにノスタルジーを感じているのは、潤だけだ。

「潤さん、こないださ」と真奈美がふいに口を開く。潤の背中に、戦慄が走る。あのときの不自然さを、明らかな失態を、いまここで指摘されたらどうしよう。嫌な予感が潤の全身を駆け巡る。

「潤さん、あれでよかったの?」

「……わからないわ」

本当に、わからなかった。まるで熱に浮かされているかのように、「わからないのよ」と繰り返す。静かな座敷の中に、浅葱のしゃくしゃくした音と、ふぐ刺を嚙む音だけが鳴っている。

「突然だけどさ」と真奈美が再度口を開く。

「今夜、もう一度しない？」

潤の背筋がぴんっと張った。そんなことを言われるような予感はしていた。だけど、今日は本当に、この懐かしい河豚の味だけを確かめて帰るつもりだった。しかし、真奈美の提案は、やはり魅力的だった。別に、あの日をやり直せるとは思っていない。ただ、目の前の誘惑に、心が揺れた。

「いつもごちそうになってるし、今日はわたしがシャンパン入れるよ」

ふぐ刺の小皿が下げられて、唐揚げがテーブルに置かれる。これも味が濃くどこか野卑で、祖父のお気に入りだった。唐揚げにがりりとむしゃぶりつきながら、潤は「わかったわ」と頷いた。

河豚料理屋をあとにしたふたりは、一ツ木通りからタクシーを拾った。「歌舞伎町の風林会館まで」と真奈美が運転手に伝える。その間、潤はスマホで、ウェスティンを予約しようとしていた。

しかしどうしたことだろう。初冬の平日だというのに、ウェスティンは満室のようだ。いつまで経っても予約画面に進むことができない。潤は舌打ちをした。

そんな潤に、真奈美がなんでもないように告げる。

「今日のホテル、もう取ってあるんだよね。新宿から近いから、パークハイアットにした」

潤は驚いた。いくら平日とはいえ、パークハイアットならば一泊七万円は下らないだろう。ましてや、今夜聖也がアフターに付き合ってくれるかどうかはわからないのだ。真奈美の底知れなさが垣間見えた。彼女は今日、確実に聖也にラストソングを歌わせるつもりだ。

真奈美は、着実に進歩している。ホストクラブという場所での作法を、すっかり身につけた。それに引きかえ、潤は何も変わっていない。初めて自分のテリトリーの外側へ赴くことに、どうしても緊張してしまう。それを悟られまいとすればするほど、潤の胃はひくひくと震えた。

歌舞伎町へ向かう車中、潤はずっと左手の爪を嚙んでいた。そんな様子に気づかないふりをしながら、真奈美はスマホをいじっている。聖也に連絡をしているのだろう。

今夜は聖也に会うつもりのなかった潤と、見切り発車の真奈美が、またオートマティックに聖也へと引き寄せられてゆく。

車はもう、四谷四丁目の交差点に差しかかっている。

かつて絶頂期にあったアイドルが、この交差点のビルから飛び降りたときの話を、二丁目の旧いママから聞いたことがあった。恋に破れてのことなのか、もっと別の理由があったのか、潤にはわからない。だけど、飛び降りてしまいたい、という衝動はわかる。アイドルという虚像を生きることと、偽物という虚像を生きること。このふたつを並列させたなら、ひとは嘲笑うだろうか。

靖国通りから区役所通りに入ると、渋滞にはまった。歩けばほんの二三分の距離なのに、車はまったく進まない。ふたりの乗る個人タクシーの横を、アジア系の観光客と思しき三人組が通り過ぎてゆく。車道側を歩いていた女のキャリーケースが、ごつんと車のドアに当たる。女は運転手の顔色を窺ってのち、軽く黙礼をしつつもさくさくと去って行ってしまう。運転手が軽く舌打ちをする。

「まったく、近頃は参っちゃいますよね。新宿でも銀座でも、あいつらがでかい顔して歩くもんだから……。このあたりを流していると、いつの間にか車は傷だらけですよ。法人タクシーの連中なら会社の車だからいいんだけど、わたしら個人はてめえの車ですからね……」

真奈美が「あの」と声をかける。

「東北の人ですか」

「あぁ、わかりますかね」

運転手が淡々と、青森出身であることを告げる。

「わたしの地元あたりにもね、増えているらしいんですよ、あいつらが。すっかりうるさくなったみたいでね。昔はねぇ、静かでよかったですよ。近所なんかみんな知り合いでね。変な連中はいなかったですよ」

悪気のない無垢な声でそう告げる運転手に、潤は嫌悪感を覚える。「お客さんも東北ですか」との問い返しに、隣に座る真奈美が「いいえ」と小さく答え、再びスマホを触りはじめた。

潤は、さっさと車から降りたかった。ADHDの潤にとって、狭い車中でじっとしているのは、苦行に近い。落ち着きなくウィンドウを指でこつこつ叩きながら、シートに深く身を沈める。いまは、なんとなくこの苦行が必要な気がした。

「AND A」は混み合っていた。

店内を見渡した限り、聖也の客が他にも何組か来ているようだった。まだ午後十時過ぎだ。これから客はもっと増えるだろう。潤は、今日は聖也にラストソングを歌わせられないのではないか、と危惧した。

V卓には、最近顔を見なかった、聖也のかつてのエースが陣取っている。売れっ子のソープ嬢だ。ホストの裏情報であふれかえるネット掲示板を見たアイリーンが、教えてくれたことがある。

「潤さん、聖也のエースすごいよ。あいつソープで一日二十万稼ぐらしいし、今度AVにも出るんだって」

アイリーンの情報のどこまでが本当なのかはわからなかったが、たしかに彼女は羽振りが良さそうだ。久々に店に来て、V卓に座っているということは、本当にAVに出たのかもしれない。彼女の横には、シャンパンクーラーが見える。潤たちのテーブルから詳(つまび)らかには見えないけれど、あの細いボトルネックは、おそらくドンペリだ。隣には、聖也がぴたりとくっついて座っている。大きな手が、彼女の太股を撫でる。端整な顔が、彼女の首すじに近づく。細くて骨ばった指が、彼女の指に絡んでいる。

V卓は、ホストクラブにおけるステージだ。ここで派手な消費が繰りひろげられるほど、フロア全体が活気づく。それをわかっていて、聖也は見せびらかしている。そんな策略に、まんまと乗ってしまうのは悔しい。なにせ、ふたりにとって聖也はただのホストではない。聖也を失ったら、ふたりはどこへも行けない。強迫観念が、潤の胸の中に押し寄せる。でも、いまの潤の胸を熱くさせている感情が、そんな強迫観念だけかといえば、それは少しちがった。

潤は、V卓に座る聖也のかつてのエースに嫉妬していた。潤ちゃん、と甘く囁いてくれる唇が、いまは彼女のそれと重なっているのだ。

潤は常々、女の嫉妬を馬鹿にしてきた。嫉妬という粘着物から解き放たれたゲイである、というたしかな誇りがあった。それなのにいま、潤の胸の中では、汚泥がぬちゃりぬちゃりと音を立てている。軽い絶望を覚える。

真奈美も、V卓で繰りひろげられる湿った絡みをじっと見つめている。その目に、嫉妬は見て取れない。

真奈美が、平然としている。それが潤をさらに打ちのめす。

「潤さん、大丈夫っすか」

ヘルプに付いた若いホストが声をかける。

「大丈夫よ。あたし最近ずっと飲み過ぎだからさ」

努めて明るく、潤は返事をする。「潤さんが静かだとなんか心配っすよ」とホストが笑いながら言う。会話が、上滑りしている。普段ならば、こんなことはないのに。

「ねえ」と真奈美がヘルプのホストに声をかける。

「アルマンド、飲みたいんだけど。ロゼね」

ゆっくりとした口調で真奈美は告げた。

ヘルプのホストが、目を丸くして「マジすか」と呟く。

ビールでも頼むかのように、一本八十万円のシャンパンをオーダーしたのだから、その反応は当然かもしれない。彼が急いで内勤のもとへと走る。ふたりきりになって、潤は真奈美の目を見ながら、心にもないことを言った。

「あんた、大丈夫？」

「潤さんが、それ言う？」

そう言われればそうだ。潤がここで真奈美のことを案じるなんて、可笑しな話だった。

潤は自分自身に、「大丈夫？」と問うたのかもしれなかった。

聖也がテーブルに着く。

「待たせちゃってごめんね。ピンクのアルマンド入ったって本当？」

つい先ほどまで聖也にしなだれかかっていたV卓の女は、ヘルプのホストと話すでもなく、ただ黙々とスマホを触っている。

いまからこのテーブルで、派手なシャンパンコールが巻き起こる。V卓の女は、あのまま手元の画面を見つめ続けるだろう。胸の汚泥を、必死に隠しながら。

想像して、潤は気分が良くなった気がした。

潤と真奈美の席で派手なシャンパンコールが始まっても、案の定V卓の女は表情ひとつ変えず、スマホをいじり続けた。しかし、彼女の指先がまったく動いていないことに、潤は気づいている。あの女は、おそらくこの「ゲーム」に乗ってくる。

予想通り、V卓の女はヘルプのホストに、何かを耳打ちしている。一瞬V卓へ視線を向けた真奈美も、おそらく気づいただろう。真奈美の口角が僅かに動いたのを、潤は見逃さなかった。

この「ゲーム」は相当なものになる。V卓の女も、売掛を覚悟で挑んでくるはずだ。それでも、絶対に負けるわけにいかない。潤と真奈美は切実なのだ。そういう切実さを、ただ聖也に抱かれたいだけの彼女が持っているとは思えない。

想像した通り、V卓の女もアルマンド・ロゼを入れてきた。フロア中のホストが呼ばれ、集合してゆく。聖也も、「ちょっとごめんね」と言い残してV卓へ走る。女は、無邪気に聖也の「帰還」を喜んでいる。シャンパンコールが始まる。コールの途中でマイクを向けられた彼女は、「今日はぁ、聖也に頑張ってもらいたくてぇ、あたしも頑張ってぇ、二本目入れちゃいましたぁ」と間抜けな鼻声で話している。

まるで、宣戦布告じゃないの。おもしろいわね。

体温が上がってゆく。もしあの女が想像以上に頑張って、真奈美が負けそうになったら、あたしが助けてあげよう。

真奈美は、相変わらず平然としている。そんな真奈美の胆力に、潤は改めて感心する。さすが、あたしの同志だわ。心の中で、真奈美を讃(たた)える。

V卓でのシャンパンコールを終えた聖也が、赤ら顔で還ってくる。さらに飲ませるのは酷にも思えたが、どうしても負けるわけにはいかない。真奈美がすかさず、聖也に「アルマンド・ロゼ、もう一本入れて」と告げる。聖也は「マジかぁ」と苦笑しつつも、真奈美の覚悟を感じ取っている様子だ。おぼつかない足どりで、内勤を呼びに行く。

ここに至って、やっと三人がひとつの目的を共有できたのだ、と潤は思う。内勤のもとへ走る聖也の背中にも、覚悟が見て取れた。

二本目の効果は絶大だった。V卓の女はすっかり戦意を喪失している。ひたすら、ヘルプのホストに一気飲みをさせることで憂さを晴らしている。

V卓の会計は、百万円を超えているだろう。でも、潤と真奈美のテーブルの会計は、それを上回っているはずだ。今夜、聖也が閉店前のラストソングを歌うことに疑いはない。そして、今日のエースが真奈美であることも、間違いがなかった。

11

潤と真奈美のテーブルの会計は、小計だけで百七十万円を超えた。この金額に、「タックス」という大層な名前の「私税」が四十パーセント乗せられる。

内勤が、うやうやしく真奈美の前に膝をついて、「ご署名お願いします」とカードの伝票を差し出す。真奈美は、大きく堂々とした楷書（かいしょ）で署名した。

聖也の知る限り、真奈美はこれまでカードで会計をしたことはない。以前、ドンペリ・ゴールドを入れたときも、逡巡しつつ結局売掛ということにして、一週間後にはきっちり耳をそろえて聖也に渡してきた。

聖也はこれまで、売掛を飛ばれたことがない。客との信頼関係の証左として、それを誇りに思っている。とはいえ、一週間という短期間で清算する客は珍しかった。そういう真奈美の生真面目さを、好ましく思っていた。

ホストという仕事をしていると、貸し借りの感覚を持ち合わせていない客によく出くわす。そうした客を教育することも、聖也にとってホストの仕事の一部だった。一週間で売掛を清算した真奈美のストーリーは、聖也の「経済教育」における、ひとつの好例だった。

そんな真奈美が、今日はアメックスの家族カードで会計をした。聖也にとっては、客の金の出処(でどころ)がどこであれ、きっちり払ってくれればそれでいい。しかし真奈美が、実家に明細が届き、父親の口座から引き落とされるカードで支払った、ということに、何かしらの意味を探してしまう。

何より、真奈美の達筆が、頭に焼きついて離れない。安いボールペンでの署名だというのに、「木」という文字の右払いや、画数の多い「真奈美」という名の一字一字のバランスに至るまで、見事だった。聖也には、それが真奈美の何かしらの決意のあらわれであるように思われてならなかった。

*

「ＡＮＤ Ａ」を出た潤と真奈美は、ミーティングがないから早く出られるという聖也を、歌舞伎町のバッティングセンターで待つことにした。

バッティングセンターの建物には小さなゲームコーナーもあって、備え付けのベンチは、誰でも自由に使えるようになっている。

潤がベンチの横にある自販機でブラックコーヒーを二本買って、一本を真奈美に手渡す。ふたりで煙草を燻らせながら、缶コーヒーを傾けて、聖也が来るのを待っている。

バッターボックスでは、飲み会帰りの若いサラリーマンが、同僚と一緒に白球を打っている。すっかり酔っ払っている風なのに、何度も快音を響かせている。彼らはここでひとしきり汗を流した後、妻や恋人の待つマンションへ帰るのだろう。そして明日も、同じように白いシャツを着て、出勤してゆくのだろう。そういう世界がある、ということは、潤も知っている。知っているのに、こうしてここで聖也を待っている。再び、三人でつながることを目指して。いや、聖也を介して、真奈美とつながるために。快音を響かせている彼らは、すぐ後ろでコーヒーを飲む潤がゲイだなんて、思いもよらないだろう。その隣の無表情な女が、ゲイとベッドを共にするなど、想像もできないだろう。そういう「彼らの世界」との隔たりを思うとき、潤の胸は疼くのだった。

いつも通りのタイトなスキニーパンツに、黒いレザーのライダースジャケットを羽織った聖也がやって来たのは、潤と真奈美が手元の缶コーヒーを飲み干そうとしていた頃だった。

「意外と早かったのね」

潤の言葉に、聖也が薄く微笑む。聖也はホストの割に、言葉よりも表情で語る男だ。むしろ、無口かもしれない。これから共に寝ようというときに、やたらとよく喋る男だったら、どうしたって白けてしまう。聖也に限っては、間違ってもそういうことはありえない。口八丁手八丁でのし上がるホストが多いなかで、聖也は口数ではなく、会話術でのし上がってきたホストだ。そういうところも、潤は好きだった。

「行こうよ」と言って、真奈美がベンチから立ち上がる。今日の真奈美は、いつものフェンディのくたびれたバッグではなくて、ベージュのマトラッセを肩から掛けている。まったく気がつかなかった。些細なことが気にかかる。

バッティングセンターを出た三人は、目の前のタクシーをつかまえる。真奈美が「西新宿のパークハイアットまで」と淡々と告げる。

そうか、今日はノブオママのところに寄らないのよね。

聖也とベッドを共にするにあたって、ノブオママのところへ立ち寄らないのは初めてだった。今日は、誰もあたしの背中を押してくれない。途端に不安が押し寄せてくる。

いつもは潤がシャンパンを入れて聖也に抱かれるのに、今日は真奈美の金で抱かれる。しかも真奈美が、シャネルのマトラッセなんか持っている。ホテルだって、パークハイアットを使うのは初めてだ。そういうイレギュラーの重なりが、潤の強迫観念を強めてゆく。

今日で、何かが変わってしまうのかしら。

変わることを望んでいたはずなのに、いまは変わることを恐れているなんて、馬鹿げている。そしていま感じているこの恐怖という感情は、期待という感情と区別がつかないほどよく似ている。結局あたしは、どこへ行こうとしているんだっけ。胸の中で交錯する感情たちのさざめきに、潤はもはや目的地がわからなくなった。

三人の乗ったタクシーが、パークハイアットの車寄せに滑り込んでゆく。チャコールグレーの制服のドアマンが三人を出迎える。エレベーターに乗って、四十一階のロビーへと上がってゆく。エレベーター内の照明が、上昇するごとに少しずつ明るくなってゆく。これからセックスをしようとしている三人の顔が、徐々に明るく照らされてゆくのが、潤にはどこかナンセンスに思える。

四十一階に着くと、ほとんど人影はなくて、照明も半ば落とされていた。ピークラウンジの窓一面に、西新宿の摩天楼の群が映っている。

「あ、俺の家が見える」

ふいに聖也が呟く。真奈美は奥のレセプションで、チェックインをしている。

「あんたの家、この辺なの？」

これだけ幾度も体を重ねているというのに、潤は聖也の家を知らない。

「うん、一昨年曙橋（あけぼのばし）から引っ越したんだよね。タワマンってやつに一度住んでみたくってさ」

聖也が一棟の高層マンションを指さした。

「案内、断ってきたよ」

真奈美が淡々とした様子で潤と聖也のもとに戻ってくる。レセプション近くのエレベーターに乗って、客室のある高層階へと上ってゆく。五十階でエレベーターを降りた三人が、横並びになって薄暗い廊下を歩く。

「ここ」と言って、黒い木製ドアの前で真奈美が立ち止まる。いまどきのホテルとしては珍しい、クラシックな金属製のルームキーを使って、ドアを開ける。

直線的なデザインのデラックスルームの窓から、新宿御苑が見える。新宿御苑のすぐ左側が、二丁目だ。潤は、窓の景色の中に、米粒ほどの大きさでいいからノブオママの顔が見つけられないか、と目を凝らす。それほどまでに、潤の不安は大きくなっていた。

真奈美がシャワーを浴びに行く。潤が窓際の一人がけのソファにゆっくりと腰を下ろすと、聖也が近づいてきた。

「潤ちゃん、今日は外ばかり見てるね」

店にいるときよりも少し甘めな声音で語りかけながら、聖也が潤を背中から抱きすくめる。

「シュープがさ……。ノブオママの店が見えないかと思って」

「見えるかな?」

聖也がくすりと笑う。そんな優しさに、胸が苦しくなる。見えるわけがないのだ。見えるわけがないのに、こうして肌を寄せ合いながら、一緒に探してくれるような男なのだ、聖也は。

「見えるわけ、ないでしょ」

敢(あ)えて冷たく言い放って、潤は首を回してくちづけをせがむ。この名状しがたい不安を、聖也のくちづけでなんとかしてほしかった。

「おまたせ」と言いながら、真奈美がシャワーから上がってくる。ふかふかとしたバスローブだけを羽織っている。そのまま、窓際でじゃれ合っているふたりのもとにゆっくりと近づいてゆき、潤の浅黒い首すじをそっとなぞる。それが合図であるかのように、潤が立ち上がってベッドへと倒れ込む。真奈美が一人分のスペースを空けて潤の隣に寝転ぶと、間を割って聖也が滑り込んだ。すべてが前回と同じで、すべてがオートマティックだ。

真奈美がバスローブを脱ぎ捨てると、潤がもぞもぞと動きながら、鮮やかなターコイズブルーのVネックのTシャツとスキニージーンズを脱ぎ捨てる。それに呼応したかのように、聖也も白い長袖のTシャツと黒のスキニーパンツを脱ぎ捨てる。衣類が、無造作に窓際のソファや床へと投げられてゆく。

潤が、意を決したように豹(ひょう)柄のローライズボクサーを床に投げる。聖也は、ライト・グリーンのエンポリオ・アルマーニのボクサーパンツを脱いで、潤の枕元に置いた。潤は、いつまで経っても聖也の下着の匂いを嗅ごうとしない。ただ緊張した面持ちで、天井を見つめている。聖也はそんな潤に敢えて声はかけずにいるようだった。そして潤の枕元に置いた下着を、窓際のソファへ向けて放り投げた。聖也の下着は、潤の豹柄のボクサーパンツの上に舞い落ちた。

真奈美が聖也のまだおとなしい性器をさすりはじめると、聖也は真奈美の胸に顔を埋める。潤は相変わらず呆然としている。

繰り返される聖也の指の動きに真奈美が小さく声を上げるようになっても、潤は動かない。聖也が、おずおずと声をかける。

「……潤ちゃん。どうした？」

優しげな聖也の声に、はっとしたあと、潤は泣きそうな顔になった。

「ごめん、今日あたし、無理かもしれない」

声を絞り出す潤の体は、まったく火照（ほて）っていないようだった。聖也はシーツの中に手をしのび込ませ、潤の下腹のあたりを探っている。やがて、ため息を吐（つ）いて「無理そうだね」と言った。潤は声も立てずに涙を流していた。聖也は、涙を拭ってやろうと、頬に手を伸ばす。すると潤は、顔を枕に押しつけて、肩を震わせはじめた。

プライドの高い潤が、ふたりの前で初めて見せた涙だった。

真奈美はどうすることもできずに、ただ男ふたりの慰撫の光景を見ている。聖也にいじられてすっかり濡れていたヴァギナが、暖房の風で乾きつつあるのを感じている。

立ち上がって、テレビの横のハンドバッグからピアニッシモを取り出して火を点ける。

ミントの香りが立つ。

紫煙の奥で、摩天楼の赤色灯がゆらめいた。

12

真奈美の「ＡＮＤＡ」への来店は、ますます増えていた。とはいえ、従来週に三回通っていたのが、五回に増えただけだ。大きな変化は、来店の回数ではなく支払方法にあった。真奈美は、頻繁にアメックスの家族カードを使うようになった。

クリスマス・イベントの日には、百五十万円のシャンパン・タワーまでやってのけた。以前の聖也であれば、おそらく真奈美に「大丈夫？」と訊いただろう。最近は、それもなくなった。

真奈美の消費が単なる経済行為を超えていることに気づいたのだろう。真奈美の実家に何度も届いているはずだ。アメックスはすでに、都合四百万円近く使っている。請求書と利用明細が、岩手の実家に何度も届いているはずだ。それなのに、親から一度も連絡がないのが不可解だった。

真奈美は、憤怒に駆られた父から岩手に呼び戻されるだろう、と期待している。書斎で正座させられ、打擲を受けるはずだ。一月の岩手は底冷えする。床は足の感覚がなくなるほどに冷えていることだろう。限界まで冷やされた体は、きっと尿意を催すだろう。十一歳のときの、おもらしの快感が、真奈美の脳裏によみがえる。本物の堕落を司るヴェーヌスになるためには、あの快感が必要だった。

上京してから、岩手には一度も帰っていない。

去年までは、正月には父と母にＬＩＮＥでメッセージを送ってきた。しかし今年は、敢えてそれもしなかった。

アイリーンは結局、年末年始も台湾で過ごしたようだ。台北１０１の有名なカウントダウンの花火の写メが、ＬＩＮＥで二枚送られてきて、「あけおめ」の四文字だけが添えられていた。

潤は母親の旧知の指揮者がニューイヤーコンサートを振るとかで、年末年始はウィーンで過ごしたはずだ。もう帰ってきている頃だろうに、一向に連絡がない。

そんな孤独ないまこそ、ヴェーヌスになるには、最適な頃合だと思った。次にもし潤さんに会う機会があったならば、わたしは本物の堕落を司る女神として向き合おう。そして潤さんを、堕落と快楽が支配する世界に招き入れてあげよう。

そんな夢想を抱きながら、真奈美は父からの連絡を待っていた。

外は、氷雨が降っている。

こんな日は、潤さんならきっとベッドから出ないだろうな。ふと、先日の潤の涙を思い出す。

もうすぐだから。大丈夫、わたしが連れて行ってあげるから。何も持たずに、わたしの背中を追いかけてきて。

潤にかけてやりたい言葉が、次々と胸に浮かぶ。

潤さん、本当に、もうすぐだよ。

真奈美が心の中で再度語りかけたのと、スマホが小さく二回震えたのは、ほぼ同時だった。

——父だ。

真奈美は直感した。そしてそれは当たった。ＬＩＮＥの画面を開くと、「帰ってこい。話がある」とメッセージが届いている。

ついに来た！

否応なく胸が高鳴る。あの日観た「タンホイザー」の序曲が、ペトレンコの指先が、豊かな肉を湛えたヴェーヌスが、走馬灯のようによみがえる。

真奈美は部屋着のままで、オフホワイトのセオリーのチェスターコートをクローゼットから引っ張り出す。

期待で、頭がおかしくなりそうだった。真奈美はヴィトンの小さなボストンバッグを探そうとして、やめた。潤に、「何も持たずに」と言ったのだ。わたしも、何も持たずに行かなければならない。財布だけをいつものフェンディのハンドバッグに押し込んで、家を飛び出した。電気も消さず、鍵もかけなかった。

三ツ目通りに飛び出すと、ちょうどタクシーが通りかかった。真奈美はすぐさま手を上げる。マンションのエントランスから二十メートルほど駆けただけなのに、息が切れて仕方がない。あまりに切実な真奈美の様子に、運転手はやや怪訝な表情を見せる。真奈美は息を必死で整えながら、「東京駅の八重洲(やえす)口まで」と伝えた。早く。早くしてよ。何度もそんな言葉が出かかる。

氷雨は、みぞれになった。タクシーのフロントガラスを叩く音が、硬質なものへと変わってゆく。東北新幹線は雪に強い。たとえ雪に変わったとしても、夜までには実家に着けるだろう。

東京駅に着いた真奈美は、自動券売機へ走った。行列はない。アメックスのプラチナカードを券売機に挿し込んで、迷うことなくグランクラスのチケットを購入する。いよいよヴェーヌスになろうとしている真奈美には、グランクラスこそが相応しいと思った。乗券売機から吐き出されたチケットを握り締め、大急ぎで二十一番ホームへ向かう。乗車する「はやぶさ」の発車時刻まではまだ五分以上ある。でも、はやる気持ちが抑えられない。ホームへの階段を駆け上る。歩いたって充分に間に合うのに、先を急ぎたい気持ちで胸がいっぱいだ。

往来するキャリーケースを転がす乗客たちの動きがひどく緩慢に見えて、苛立つ。グランクラスのある十号車の乗車口まで走る。到着したばかりの「はやぶさ」の緑の車体はみぞれで濡れていて、ホームの照明を反射してきらきらと輝いている。

十号車の乗車口の前に立った真奈美は、一呼吸置いた。そして、儀装馬車に乗り込む女王のような落ち着きで、車内に足を踏み入れた。

午後三時台のグランクラスは、閑散としている。真奈美は三列目のシングルシートに深く腰を下ろし、バッグを膝の上に抱いた。

発車ベルが鳴って、「はやぶさ」がゆっくりと動き出す。上野駅を過ぎて、アテンダントが軽食と飲み物のオーダーを取りにやって来る。

「コーヒーだけ下さい」と告げて、真奈美は車窓に顔を向ける。

大宮を過ぎると、薬鞘に覆われた冬の田圃が次々と目に飛び込んでくる。東京では決して見ない化粧品メーカーの看板や、銘菓の広告が、車窓を流れてゆく。それらのすべてを、脳裏に焼き付ける。わたしはきっと、もう二度とこの景色を見ることはない。そんな予感が、真奈美の視線と意識を、些末なものへと誘う(いざな)のだった。

盛岡駅に着く頃には、すっかり陽も落ちていた。「はやぶさ」から降車した真奈美は、山田線のホームを目指して歩き出す。

ふいに足を止めた。ハンドバッグの中から財布を取り出して、現金を数えはじめる。財布には、十万円分の新札があった。

ヴェーヌスに生まれ変わるべく、グランクラスに身を委ねてここまで来たのだ。山田線の鈍行にゆられるなんて、ありえない。

乗車券は山田線の分まで買ってある。しかし真奈美は、盛岡駅で改札を飛び出した。東口駅前広場に出て、まっすぐにタクシー乗り場へと向かう。白い車体にブルーのラインが入った、地味なタクシーの車内へと身を滑り込ませる。

行き先を告げると、運転手はあからさまに戸惑った。

「まだ電車もあるけれども……」と言いかけた初老の運転手の言葉を真奈美は容赦なく遮る。

「いいから、行って」

運転手に、五万円を投げつける。真奈美の異様な気迫に、運転手はもう何も言わなかった。

山田線と並行するように、タクシーは国道をひた走る。時折見える閉伊(へい)川が、夜闇の中で怪しくぎらぎらと光る。岩手の夜空は、痛みすら感じさせるほどに澄み切っている。

潤さん、ついに来たよ。

ここにいない潤に、心の中で語りかける。時刻は、午後七時になろうとしている。街灯すらまばらな田舎の国道の景色はひたすら単調で、潤との会話を楽しむにはもってこいだった。

潤さん、見える？　潤さん、ねぇ、潤さん、潤さん。

車中、一体何度潤の名を呼んだことだろう。潤の瞳の青が、ひたすら恋しかった。真奈美の胸が潤の面影で充たされようとしていた頃、タクシーの車窓に、見憶えのある闇の姿が映った。郷里が、近づいている。

暗闇の中に、母校の白い校舎が、ぼんやり浮かんで見える。あの屋上で、聖性を得て、たちまち失ったのだ。それを取り戻すために、いまここにいる。

「次の次を、右」

胸の高鳴りを悟られるのが嫌で、感情を押し殺した声で指図する。運転手は何も答えずに、ただ言われるがままに車を進めてゆく。

やがて、暗い田圃の真ん中に、黒光りする甍と、仰々しい白壁が見えてきた。

藤木家は相変わらずの堂々たる偽物として、そこにあった。

白壁の切れ目に立つ大仰な鉄平石の門柱の前で、タクシーは停まった。メーターは、四万円を少し割っている。

運転手がメーターの支払ボタンを押そうとしたとき、真奈美は「待って」と言った。

「お願い、ここで待ってて。この五万はあげるから。ここでわたしを待っててほしいの。二時間、いや一時間で終わるかもしれないの」

高圧的な物言いがすっかり消え失せて、まるで懇願するかのような真奈美の様子に、運転手はつくづく困った様子を見せる。

「だども、おめ……。そう言われでもなぁ……」

真奈美は「人質」としてハンドバッグを無理矢理渡す。

「わたしは逃げないよ。必ず帰ってくるから。おじさんも逃げないで。わたしを待ってて」

運転手は、白髪混じりの頭をぽりぽりと掻く。そしてひと度、ゆったりと深く嘆息した。

「わがっだ。逃げね。ごごで、待ってるがら」

その言葉に、真奈美は微笑みを返した。

前庭の飛び石を踏み越えながら、母屋の玄関へと向かう。門柱から玄関口までは三十メートル以上ある。その距離を全身に記憶させるように、一歩ずつ、踏みしめてゆく。

真奈美はふいに振り返る。タクシーのテールライトが、門柱に赤黒く映っている。ちゃんと待ってくれている。つい二時間前には赤の他人だったタクシー運転手に、背中を押されているような気がした。

厳めしい日本家屋とは不釣り合いな玄関サッシの前に立った真奈美は、インターフォンのボタンを強く押す。切実な決意と希望に燃える真奈美の胸中とは裏腹に、ピンポーンという昔ながらの間抜けなインターフォンの音が鳴る。

まもなく、この磨りガラスの向こうに灯りが点るはずだ。そこに、あの野卑な父の影がぼんやりと浮かぶのだ。サッシを開けた父は、すぐさま真奈美の頰を打つかもしれない。鬼の形相をした父は真奈美の手を強く引いて、無言のまま書斎へ連行するだろう。嗄れ声で「座れ」と命じた父は、おろおろと後ろを付いてきただけの母に目配せをして、部屋の外へ追い立てる。詰るでも、叱るでもなく、父は鬼の形相のまま真奈美を見据える。あまりの怒りに全身を戦慄かせながら、ぐしゃぐしゃになったカードの明細書を投げつける。「言い訳さあるなら、してみれ」と震える声で迫る。何も語らぬ真奈美にしびれを切らした父が、再度頰を打つ。正座したままの両足が、麻痺して、感覚を失う。部屋の暖気は上方に溜まっていて、真奈美の座る床はしんしんと冷えている。道中で飲んだコーヒーのカフェインの影響もあって、真奈美は尿意を催しはじめる。膀胱を充たしてゆく聖水の圧迫感と、目の前の父の圧迫感に挟まれた真奈美は、いよいよ限界に近づく。髪を摑まれた衝撃で、真奈美の下腹が「破裂」する。温かい黄金色の岩清水がスカートの中からあふれ出して、真奈美の白い両股を濡らす。唖然とした父が、真奈美の髪を放した途端、真奈美の体は金色の水たまりに横たわる。コートが、ブラウスが、髪が、聖水に浸され、濡れてゆく。そんな真奈美を見下ろしながら、父は「もういい。出てげ」と言い放つ。聖性を取り戻してしまった真奈美に、恐れおののきながら。

完璧だ、と真奈美は思った。夢想するだけで、胸が苦しいほど高鳴る。

磨りガラスの向こうに灯りが点る。

——来る。

からからと音を立ててサッシを開けたのは、父ではなく母だった。三年近く会っていない母の頰は、相変わらず黒ずんでいる。年を重ねて弾力を失くした肌が、ますます彼女を農婦らしく見せていた。

「真奈美、あんたなんもこんな突然……」

言いかける母を遮って、「お父さんは?」と問いかける。

玄関先に現れたのが母だった、という事実は、真奈美を失望させた。失望が静かな怒りに変わる。この堂々たる偽物の家に住まう偽物たちが、ヴェーヌスに生まれ変わろうとする真奈美を、力ずくで否定している。

「お父さん、奥にいるから」

三和土に足を踏み入れた真奈美の後ろで、おずおずと母が告げる。この間、母はずっと無表情だった。真奈美は、自身の無表情が母ゆずりのものであることを、初めて知った。

藤木家において「奥」とは、父の書斎を指す。どこの家でもその家でしか通じない言葉がある。真奈美が幼い頃からこの家には、「表」「裏」「奥」と呼ばれる場所があった。「テレビの部屋」「パソコン部屋」なんかもある。「パソコン部屋」には、もうだいぶ前からパソコンは置かれていない。それでもそこは「パソコン部屋」と呼ばれ続けている。そういう藤木家の言語が理解できてしまう自分を、真奈美は悲しむ。悲しみを抱いたまま、「奥」へと向かう。

真奈美がヴェーヌスになるためには、父は鬼でなければならない。

「奥」のチーク材のドアの前で、真奈美は父が鬼の姿でいてくれることを切に希った。

幼い頃からの癖で、律儀にドアを二回ノックする。

藤木家の言語や慣習といった、偽物を形づくってきた本質が、真奈美の中でいまだに生きていることを思い知る。そういうものと決別するために、わたしはここに立っているんだ。真奈美は自らを奮い立たせる。

メッキのドアノブがかたんと動き、ドアがゆっくりと開けられる。おねがい。父が人間の顔をしていませんように。

……かくして、ドアの向こうに立っていたのは、悲しみの表情を浮かべた、ひとりの老いた人間だった。

真奈美は打ちのめされた。頬への打擲などとは比べ物にならない、深く抉るような衝撃だった。

真奈美の目の前に立つ老人は、憤怒の欠片すらもその顔に浮かべていない。これは、父ではない。そう思った。真奈美の記憶の中の父が、こんな表情をするはずがないのだ。「おめ、大事ねえが？」と問うてくる父の背後のデスクの上に、アメリカン・エキスプレスの封筒が見える。父は知っているのだ。真奈美の浪費も、その使い道も、何もかも知っているのだ。それなのに父は、海容の態度を以ていま真奈美と対峙している。

これは、父じゃない。だってわたしの記憶の中の父は……。頭が締めつけられるような痛みを感じ始める。待って。だってわたしの記憶は。記憶が、崩れてゆく。たしかさを失って、あやふやになってゆく。四肢に、ぞわりとした感触が這いまわりはじめる。だって、じゃあ、わたしの記憶は。裸足で書斎のフローリングの上に立つ真奈美の足裏は、ほかほかと暖かい。おかしい。変だ。だってこの床はあの日と同じ床で。いまはあの日と同じ冬で。締めつけられるような頭の痛みが増してゆき、混乱に拍車がかかる。

潤さん、たすけて。潤さん！

混乱をきわめた真奈美は、ひたすら潤の名を呼び続ける。

父が何かを言っている。でも、耳に入らない。野卑な指、四角い赤ら顔、縮れ毛。すべての記号が父であることを示しているというのに、真奈美にとって目の前の男は、徹底的に父ではなかった。

「ごめん、なさい」

蒼白(そうはく)になった真奈美は、廊下へと駆け出す。

父の海容の態度は、真奈美に恐怖を与えた。それは初めて味わった、本当の恐怖だった。取り戻しかけた聖性は、脆(もろ)くも崩れ去りつつあった。

涙が流れる。打擲によって赤く腫れ上がっているはずだった頬を、涙が濡らしてゆく。早く、ここを去らなければ。ここにいたら、潤さんの流したあの涙までもが、嘘になってしまう。

廊下の途中の「テレビの部屋」から、母が心配そうな顔を覗かせる。やめて。やめてよ。「真奈美？」と呼びかける母を無視して、廊下を突き進む。玄関に脱ぎ捨ててあるダイアナのパンプスを引っ摑んで、裸足のまま外に飛び出す。門柱の横に、タクシーのテールライトが滲んで見える。飛び石につまずきそうになりながら、真奈美は必死で走る。ここにいてはいけない。早くここを去らなきゃ。ひたすら、それだけを考えた。おじさん、ドアを開けて。早く。

必死の形相で駆けてくる真奈美に気がついた運転手が、手早く自動ドアを開ける。ぐちゃぐちゃの顔のまま、タクシーに飛び乗る。

「おじさん、早く出して」

真奈美の様相に驚いた運転手が、おろおろとドアを閉める。

行き先をたずねる運転手に、しゃくり上げながら、「コンビニまで」と告げる。

「出すって……。どごまで」

運転手が息を吐いて、車を発進させる。

五キロほど走って、タクシーは駅近くのコンビニで停まった。

運転手は、後部座席のドアを開けて、「んだば、待ってるがら」と声をかけた。真奈美と運転手の間には、連帯のようなものが生まれていた。

真奈美は、一目散にコンビニへ駆け込んだ。広いコンビニの店内で、ATMを探す。ATMは、奥の化粧室の近くで、あかあかと光っていた。アメックスのプラチナカードを挿し込んで、取引を開始する。キャッシング用の画面があらわれ、最高限度額の「五十万円」を入力する。ばらばらばらと、機械の中で紙幣を数える音がする。現金取出口から分厚い五十万円の束が吐き出される。無造作に摑み取ると、財布にしまうこともなく店を出て、タクシーへと戻ってゆく。

ヴェーヌスになるための「洗礼者」として、父を頼ったのはまちがいだった。偽物の家に安住する者が、洗礼者にはなりえない、ということに、どうして気がつかなかったのだろう。真奈美は、真奈美の力で、ヴェーヌスになるしかないのだ。

自らに洗礼を施す上での「代父」は、初老のタクシー運転手こそ相応しい。おじさん、見ていてよ。わたしはあなたの前で生まれ変わる。

タクシーに戻った真奈美を、運転手が再びドアを開けて迎え入れる。彼の自動ドアの操作に、もう戸惑いやぎこちなさはない。身を滑り込ませた真奈美は、下ろしてきたばかりの五十万円を、丁寧に差し出した。

「おじさん、これでわたしを、東京の、歌舞伎町まで連れて行って」

突拍子もない真奈美の希いに、もはや運転手は驚いた顔をしなかった。

彼は、今日三度目の嘆息をした。それは、たしかな覚悟の色が混じった嘆息だった。

「会社さ電話して確認せねばなんねぇがら、待ってでな」

運転手は助手席の上に置いてある携帯電話を取って、会社に電話を掛けはじめる。

「……はい、はい。んだば帰庫はあしたの夜で」

電話を切った彼は、真奈美に顔を向けた。

「わら、東京は川口のインターまでしか道さわがんねぇがら、首都高さ入ってがらはあんだ頼りだ」

運転手は、しかと真奈美の目を見据えて言った。そしておもむろに顔を前に向けると、迷いのない様子で車を発進させた。

車は国道を、東北道盛岡インターに向かって快調に飛ばしはじめた。二十キロほど走った頃、真奈美が、はっと顔を上げた。左手で握り締めていたアメックスのプラチナカードを、両手で力強く折り曲げはじめる。

クレジットカードのプラスチックは思ったよりも柔らかくて、なかなか割れてくれない。何度も、繰り返し折り曲げる。カードの折り目が、白く変色してきた。その柔らかな白い線を見つめながら、真奈美はひたすら、折ったり伸ばしたりを繰り返した。

やがて手元のカードは、掌の上で、ふたつの歪な破片になった。後部座席の窓を全開にする。冬の田圃の上を渡ってきた冷たく乾いた風が、頬に突き刺さる。泣いてしまったせいで火照っていた頬が、風に冷やされ、浄められてゆく。

真奈美は窓から、ふたつの破片を投げ捨てた。破片は風に巻かれ、葉鞘に覆われた田圃へと吸い込まれてゆき、すぐに見えなくなった。

真奈美はこの瞬間、まっさらになったのだった。

気がつけば車は、盛岡市内を走っている。二度と見ることのない、県庁所在地の夜灯は、もう何の感傷ももたらさない。

東北道に入った車は、時速百二十キロほどで、どんどん南下してゆく。

花巻インターを過ぎたあたりで、真奈美は目を閉じた。たとえ眠れなくても、このまずっと、東京まで目を閉じていよう、と思った。

途中二回ほど、タクシーはサービスエリアで給油も兼ねた短い休憩を取った。その間も、真奈美は目を開けることなく、ひたすら車内で待った。

それから先も、真奈美はずっと目を閉じたまま、シートに身を沈め続けた。

眠れなかった。眠れずに目を閉じていると、車の振動と、初老の運転手の静かな息づかいだけの世界が生まれた。運転手は一言も話さない。無言が、ふたりの間に生まれた連帯を象徴していた。

「あんだ、そろそろだがや」

真奈美はゆっくりと、目を開ける。

そこには川口料金所の煌々(こうこう)とした緑色の灯りがあった。真奈美の本当のふるさとはすぐそこだ。

スマホの地図アプリを開く。「目的地」に、「風林会館」と入れる。区役所通りの、くすんだ茶色い雑居ビルが目に浮かぶ。懐かしかった。あの風景が、匂いが、恋しかった。

車は真奈美の案内に従って、首都高に入り、やがて山手トンネルへともぐってゆく。午前四時半になっていた。首都高をひた走る岩手ナンバーのクラウンコンフォートを、練馬ナンバーや品川ナンバーのタクシーが次々と抜かしてゆく。追い抜きざまに、ドライバーのぎょっとした顔が目に入る。

車は中野長者橋(ちょうじゃばし)出口を出る。山手通りから青梅(おうめ)街道へと入る。明け方とはいえ、歌舞伎町に近づくほど、人通りが増えてゆく。見慣れぬ塗装のタクシーに、通行人が目を向ける。車は、信号を左折して区役所通りに入った。東京の客待ちタクシー行列の中にまぎれた岩手ナンバーは、どうしたって目を引くようだ。

真奈美は、高貴な気持ちが湧いてくるのを感じていた。歌舞伎町を往く人々が、真奈美の乗る車をちらちらと見る。横に並ぶタクシーの運転手たちも見る。まるで、ヴェーヌスの帰還を歓(よろこ)ぶ、ヴェーヌスベルクの民たちのようだ、と思った。

区役所通りの信号を過ぎて風林会館横で、タクシーは停まった。

「んだば、ここで」

岩手のコンビニの駐車場を出てから、ここまでずっと前を向き続けてきたふたりが、再び向き合った。真奈美の顔を見据える運転手に、疲労の色は見て取れない。

「おじさん、ありがとう」

真奈美が、豊かに微笑む。

運転手は、その微笑みに見とれた。

「なんも、これきりど思うど寂しいもんだべな」

真奈美と初老の運転手の関わりは、たしかに「これきり」だ。名残惜しさを振り切るように、運転手が自動ドアを開ける。

「達者でな」

真奈美は再度、「うん、ありがとう」と言った。

車を降りると、後部座席のドアが、ばたんと閉められた。ブロロン、という音と共に、タクシーが走り去ってゆく。ハイブリッド車が増えた東京では、こういうエンジン音を最近聞かなくなったな、と真奈美は思った。

咄嗟に頭を振る。こんなノスタルジーとは、永遠に決別しなければならない。自分に向けて、叱咤(しった)する。

安っぽいてかてかのダウンを着た客引きが、真奈美をちらと見て、何も言わずに去ってゆく。明け方の歌舞伎町の中心に立ち尽くす真奈美に、誰も声をかけない。大きく深呼吸をする。

うん、これでいい。

真奈美はひとり、頷いた。

13

二千円ほどチャージ金額が残っていたパスモを使って、総武線の始発に乗って清澄白河のマンションに帰った。

ベッドの下から赤いリモワのキャリーケースを取り出す。最低限の着替えだけを入れて、さっさとジッパーを閉じる。買ったばかりのマトラッセも置いてゆこう。靴は、ダイアナの摺(す)り切れかけた一足でいい。

真奈美は、キャリーケースを玄関に置く。フェンディのハンドバッグを摑んで、キャリーケースの上にぼんっと載せる。

「うん、これでいい」

声に出して呟く。部屋には、持ち物のほとんどが残されている。今日の午後か、遅くとも明日には、岩手の両親がここを訪ねてくるだろう。その頃には、この部屋は「遺跡」になっている。両親は、遺跡を前にして立ち尽くすだろう。想像すると、愉快だった。

鍵を玄関手前の簡易キッチンの台の上に置く。

晴れた東京の陽射しが、カーテン越しに部屋を暖めている。乱れたベッドが、テーブルの上のFrancfrancの灰皿が、淡く照らされている。

キャリーケースを引いて玄関の外に出た真奈美は、後ろ手にドアを閉める。一階に降りてエントランスを出ると、そこには色鮮やかな世界がひろがっていた。

真奈美が初めて目にした、「わたしの世界」だった。

キャリーケースを転がしながら、清澄白河駅へと向かう。大江戸線のホームへ降りて、両国・春日方面行きの電車を待つ。ワインレッドのラインの入った電車が入ってくる。

金曜日の昼前の車内は空いていて、難なく座ることができた。

モンクレールの厚ぼったいブルゾンを着た若い男が、真奈美の向かいでしきりにスマホの画面をスワイプしている。一席空けたその隣では、化粧っけのない太った女が、自己啓発本を読んでいる。右斜め向かいの優先席では、いかにもひとの好さそうなオーバーオール姿の母親が、ベビーカーの中の赤ん坊をあやしている。

いままで目を向けたことのなかった市井の人々も、「わたしの世界」の一部と思えば、たまらなく愛おしい。

二十分余り電車にゆられて、新宿西口駅に着いた。自宅から電車に乗って新宿に来たのは、初めてかもしれない。

新宿駅と、新宿西口駅があることを、真奈美は初めて知った。そもそもアイリーンに連れられてホストクラブに行くまで、新宿に来たことは数えるほどしかなかった。もうすっかり通わなくなった大学へは、半蔵門線で通学していた。大江戸線のホームがこんなに深いことも、真奈美は知らなかった。

「わたしの世界」が、たしかな実感と共に拡がってゆく。

地上に出ると、数時間ぶりだというのに、新宿はすっかり別の街だった。

東口ロータリーを出て、歌舞伎町方面へ一歩一歩足を進めてゆくごとに、世界に色が増えてゆく。世界に色が増えてゆくごとに、真奈美は白く透明になってゆく。

靖国通りを横切って、旧コマ劇前まで一心不乱に歩く。右手に「にいむら」の看板が現れて、広場に出た。かつて、この広場で潤と初めて逢ったのだ。あのときと同じ場所を、あのときとまったくちがうわたしが歩いている。

「わたしの世界」のことを、早く潤さんにも伝えなければ。

旧コマ劇前を右に折れる。黄色い看板の、風俗案内所が見える。昼間にもかかわらず、スカウトの男たちがうろついている。

真奈美は、風俗案内所の向かいの、開店前の海鮮居酒屋の軒先に陣取り、そこに立った。

日の出営業のホスト帰りの女たちが、次々に目の前を行き過ぎる。ひとり、またひとりと過ぎてゆく。女の背後に、さっと男が近づく。

「ねぇ、所属どこ?」

「いまより稼ぎたくない?」

そんな男の声が、耳に届く。早く。わたしにも声をかけて。念じながら待っているのに、なかなか真奈美に声はかからない。

ひとりの黒髪の女が、スマホを片手に下を向いたまま歩いてくる。真奈美の右に立っていたスカウトの男が、彼女に近づく。彼女は一瞥(いちべつ)もくれない。男はそれでもしつこく彼女に語り続ける。君めっちゃ可愛いね。いまどこの店にいるの? うちなら待機保証三万出せるよ。

「うっせえよ、死ね、クズ」

甲高い女の声が雑居ビルの壁に反響して、あたり一面に響きわたる。男はそんなことにすっかり慣れきっている様子で、すごすごと戻ってきて、また真奈美の右の定位置に収まる。

一時間ばかりが過ぎて、いよいよ日の出営業帰りの女たちの姿もまばらになってくる。スカウトの男は両手を腰の後ろで組んで、退屈そうに地面を蹴っている。

見て。わたしを、見て。

強く念じる。ここで声をかけられなければ、「わたしの世界」は完成しない。その輝かしい紋章を、掲げることができない。

やがて、男が真奈美に顔を向けた。真奈美の体に、甘い緊張が走る。

「えっと……。どっか所属してる?」

俊敏で饒舌(じょうぜつ)だった彼が、真奈美に対してはどこか遠慮がちに声をかけてくる。そんな態度の原因は、真奈美の容姿だろうか。それとも、「聖性」に怖気(おじけ)づいたのだろうか。

「風俗のスカウト、ですよね」

男が息を呑(の)む。まさか問い返されるとは思わなかったのだろう。「いや、まぁ」と、はぐらかす男に真奈美ははっきりと告げる。

「わたし、やりたい。なんでもやります」

強い決意の言葉に、男は明らかに困った顔をした。三十は過ぎているだろうに、妙にあどけなく見える。

「……とりあえず、俺で面接してみる？」

意外な提案を、真奈美が拒む由はなかった。


面接、と言いながら、男はやさしく真奈美を抱いただけだった。こんな普通のセックスで、わたしの何がわかるというのだろう。真奈美は男がシャワーを浴びる音を聴いている。壁に染みついたヤニの臭いと、シャワーの水音が、脳内で絡みはじめる。

（溺れてるなあ……）

久々に、あの沈む感覚が、真奈美を包む。

ぺらぺらのタオルを首にかけて、男がバスルームから出てくる。さっきまで真奈美の中に入っていた性器を隠すことなくぶらぶらと揺らしながらやって来て、ベッドに腰かける。そして、無造作に床に脱ぎ捨ててあったグレーのボクサーパンツを、座ったままだらだらと穿（は）いた。

「煙草持ってる？」

無精髭だらけの口を片方上げて笑いながら、男が煙草をねだる。

「メンソールだけど」と言いながら、真奈美はピアニッシモのボックスを渡す。

男が一本取り出して、ホテルに備え付けの水色のライターで火を点ける。女が好む煙草なのに、やせぎすの男の指に、ピアニッシモはとても似合った。表参道のカフェで、ヴォーグを吸っていたアイリーンの横顔を思い出す。

「君さ、学園系のデリヘルとか、向いてると思うんだよね」

ぷわぷわと煙を吐き出しながら、男がさらりと真奈美に言う。「学園系デリヘル」がどんなものなのかはわからないけれど、真奈美は最初から、男に従おうと決めている。男の勧める店で働きはじめたら、彼は幾ばくかのキックバックを得るのだろう。

そういう、この街の経済のあり方が好きだ、と真奈美は思った。

14

潤から久々に電話が来たのは、真奈美にやっと客が付きはじめた二月頭だった。

「……元気にしてた？」

潤の声は憔悴しているようだった。岩手へ向かう道すがら、あれだけ激しく焦がれた声を久々に聞いたというのに、真奈美の胸が騒ぐことはなかった。

「うん。わたしは元気。潤さんは？」

「あたし？　あたしは……。全然だめね」

潤が、彼らしい正直さで答える。

「ほんと、だめでさ。だからさ、ぱっとやりましょうよ、久々に」

切実さすら感じさせる潤からの誘いにすぐさま応じた真奈美は、夜八時に旧コマ劇前で待ち合わせることを提案した。

初めて逢った場所で、いま、潤に会うべきだ、と思った。


会ってすぐさま、潤はなんともたとえがたい、苦い表情をした。量販店で買った安っぽい生地のダッフルコートを着て現れた真奈美の姿から、何かを悟ったのかもしれない。デリヘルで働くようになって、メイクも変えた。少しでも男好きのするように、丹念に顔を作りこむ作業は、いまの真奈美の愉楽のひとつだった。

「あんた、なんか変わったわね」

潤が顔を引きつらせながら言う。

「うん、変わったんだ、わたし」

そう告げて真奈美は、やわらかく微笑む。

「ＡＮＤ Ａ」に向かって歩きながら、潤は懸命に、ウィーンのニューイヤーコンサートやシュトラウスのオペレッタ「こうもり」について語ろうとする。しかし、会話はすぐに途切れてしまう。立て板に水を流したようなお喋りは、すっかりなりをひそめていた。


聖也が席にやって来るとすぐに、潤は、「お願い、今日はアフター付き合ってね」と懇願した。


いままでの潤ならば、何も言わずに高価なシャンパンを入れて、スマートにアフターへ繰り出したはずだ。そんな潤が、聖也に泣きついていた。

真奈美は、潤が聖也という車軸にすがっているのだ、とわかってしまった。

潤も、きっとわかっている。真奈美が本物になってしまったことに、気づいている。

潤の必死の懇願が、それを示している。

ねぇ、いいでしょ。久々なんだし。あたし、最近ほんとだめなのよ。なんか調子悪いの。あたしを癒せるのは聖也だけなのよ。ねぇ、今度こそ失敗しないから、あたしにリベンジさせてよ。今日はちゃんと三人で楽しめるやり方も考えてきたのよ。

潤が、止まらない。

潤さん、やめなよ。

そう言ってあげたいけれど、真奈美は口を開かない。真奈美がそういう感傷を捨てたことに、潤が自ら気づくべきだと思った。

あたしさ、こないだウィーン行ってたでしょ。向こうでもさ、けっこう色々してきたのよ。アプリで探してさ、白人のを何本も口でイカせちゃった。やっぱりあたしはウマいんだって思ったわ。今回の旅行で、もっとウマくなってると思うの。ね、聖也も試したいでしょう。変わったあたしを、聖也に一番最初に味わってもらわなきゃ。ところで真奈美がさ、何か雰囲気変わったと思わない？　相変わらずブスなんだけど、何か変わったのよ。あたし、さっき会ってびっくりしちゃった。この子、クスリでもやってんじゃないかしらと思って。

潤の目の前のお茶割りの氷は、すっかり溶けてしまっている。潤は左手で、自身の右腕をさすり続けている。点けたばかりの煙草を、かたかたと灰皿で揉み消している。

てか、こないだはいきなり泣いちゃってごめんなさいね。びっくりしたでしょ。あたしもびっくりしたわよ。まさかあたしが泣くなんてさ。聖也、絶対引いてたでしょ。あたしなら引くわ。いざ3Pしようってときに泣き出されたら、たまったもんじゃないわよ。

「潤ちゃん」

でもね、もう大丈夫よ。あのときはかなり酔ってたんだと思うの。ほら、あんたと知り合ったばかりの頃、あたしって泣き上戸だった時期があったじゃない。あれがぶり返したんじゃないかしら。

「潤ちゃん」

いやぁ、いま思い出すと可笑しくて。ほんとあたし、なんであのとき泣いたのかしら。やっぱ酔ってたのよ。あぁ、でも今日はなんか楽しいわ。やっぱりこの三人は最高よ。そうだ、今夜はペニンシュラにしましょうよ。ちょっと高いけどさ、あたし一度あそこに泊まってみたかったのよ。香港のは当然泊まったことあるわよ。でも比べてみたいじゃない。東京のペニンシュラなんか所詮偽物だって言うひとが多いのよ。だからあたしがこの目で確かめないと。うん、ペニンシュラにしましょ。あたしいま、アプリで予約しちゃうわ。あぁ、ペニンシュラで丸の内の夜景を見下ろしながら、三人でセックスできるなんて最高だわ！　考えるだけでぞくぞくしちゃう。

「潤ちゃん、泣かないで」

聖也が潤の手に、そっと紙ナプキンを握らせる。

何言ってるのよ、聖也。こんな楽しい夜に泣く馬鹿なんていないわよ。あら、おかしい。全然予約画面に進めないわ。電波悪いのかしら。

潤さんの涙はやっぱりきれいだなぁ、と真奈美は思う。

真奈美はただ、潤の横顔を見つめている。

解説──なぜ「車軸動物」がいないのか

鴻池留衣

陸上における移動に際して最もエネルギー効率が良いとされる機構が、車輪だ。車輪は円形で、軸を中心に回転し、人やものなどの運搬を容易にしてくれる。

二つの車輪を仲介して、互いの軸同士を繋ぎ、一つの輪軸を作るための構造物が車軸(アクスル)だ。輪軸が地面やレールの上を転がるとき、二つの車輪は車軸の固定によって運動を同期させる。直接連絡しているわけではない両輪だが、車軸のおかげで常に同じ面を向かい合わせたまま、しかし永久に接触せず、一つの装置として幸福に機能する。

大学三年生の真奈美は、大学の講義後、友人に誘われて、新宿のホストクラブ「ＡＮＤ Ａ」へ赴く。その友人に引き合わされて出会った客が、女性に興味が無い、ゲイの、潤という男だった。

真奈美と潤。二人のホストクラブの客。彼女たちは「ＡＮＤ Ａ」で、聖也というホストを指名する。聖也は異性愛者だったけれども、客を繋ぎ止めるためならば、ゲイとも枕営業ができるのだとか。「ＡＮＤ　Ａ」で聖也を共有する真奈美と潤は、店で顔を合わせても、互いに干渉しない。そういう暗黙のルールがあった。

しかしあるとき突然、真奈美を呼び出した潤は、彼女にこう切り出すのだった。

「聖也と、あんたとあたしの三人で、やってみない？」

「したい。わたしもしてみたいです」

真奈美と潤とのセックスは、それぞれの肉体の構造のみに着目すれば、実行が容易に思えなくもない。しかし実際、両者がそのように結ばれることはあり得ない。なぜなら二人とも、その下半身の凹部に、他者の突出した生殖器の挿入を求めるからだ。潤は「ネコ」、すなわち男性同士のセックスにおいて、自らに差し込まれることを期待する立場だった。

聖也は、女性とも男性ともセックスすることができる。しかし彼の男性器は一本しかないので、結合に関して言えば、３Ｐの場で同時に二人を相手にすることは敵わない。

真奈美は、潤とは永久に結合できないという、自らの宿命を理解している。それでも彼と性的にアクセスすることを、儚く期待もしている。だから真奈美は、潤の誘いに乗ったのだ。潤の方も、おそらくは彼女と似たような希望を抱いていたのかもしれない。

作中のモノローグで真奈美は、こう述べている。

〈わたしは、本当に可愛くない。こんな可愛くないわたしを、潤さんは選んだ。聖也という車軸を挟んだ、両輪の片割れとして。〉

ヘテロセクシャルの自らと、ホモセクシャルの潤のことを車輪になぞらえ、聖也というノンケのホストを車軸と見做し、一つの装置へと合流することを夢見ているのだ。

〈わたしたちは、どこへ向かうのだろう。〉

筆者は、とある楽曲のことを思い出した。

ＮＨＫの音楽番組『みんなのうた』で、一九八八年八月〜九月に放送されていた、「あいこでしょ」という歌だ。作詞・遠藤幸三、作曲・ＹＯＳＨＩＮＯＢＵで、「工藤夕貴、ひばり児童合唱団」が歌っていた。

この楽曲のテーマはじゃんけん、すなわち三すくみの構造だ。一番の歌詞を抜き出してみる。

「グーはパーにまけて」

「パーはチョキにまけて」

「チョキはグーにまける」

「どれが　いちばん？」

身も蓋もない真理と、答えのない問いかけが、三すくみという概念を見事に提示している。

歌詞では続いて、「ネズミ・ネコ・おばさん」による、恐怖対象の三すくみも例示される。

ここまでについては、何の文句もない。問題は、二番の歌詞だ。

「ボク　サッちゃんがすきさ」
「サッちゃん　ヒロシがすき」
「ヒロシ　ミッちゃんがすきさ」
「みんな　ふられた」

作詞家は、それまで楽曲が維持し続けていた秩序を、ここで完全に放棄しているのだ。誰がどうみても、この部分は三すくみを表していない。

「ボク」は「サッちゃん」が好きで、彼女は「ヒロシ」が好き。三すくみのセオリーに従うならば、「ヒロシ」が好きなのは「ボク」でなければならない。ところがなぜか、三すくみの世界から全く要請されていない「ミッちゃん」なる人物が突如登場する。

仮に「ミッちゃん」の正体が「ボク」だったのだとすれば整合性は取れるものの、しかし放送されたアニメーションの絵面がその解釈を拒む。男の子二人、女の子二人の、へテロセクシャル男女四人の姿が堂々と描かれていた。最後「みんな　ふられた」とあるからには、ここにある「すき」は友愛の感情ではなく、恋愛であることに異論はないだろう。

作詞家（もしくはＮＨＫ）にとって、「ヒロシ」が「ボク」のことを好きであっては困る事情があったのだろうか。歌詞の一番までは信仰していたはずの三すくみという規定を、あっけなく捨て去り、作品に瑕疵（かし）がつくことも厭（いと）わないほどの事情が。

放送当時の時代背景に鑑みれば、子供向け歌番組で性的マイノリティを取り扱うことはタブーだったのかもしれない。だとしても妙だ。「ヒロシ」が同性愛者、もしくは両性愛者であることを表現したくないのであれば、初めから片思いの三すくみなど、取り上げなければ良かったのだ。ヘテロにこだわるのなら、なぜ恋愛の要素を歌に無理矢理ねじ込もうとしたのか。

作詞家はもしかして、二番を書くに当たって、故意に三すくみを崩したのではないだろうか、とも想像してしまう。完璧な三すくみであるはずの三人の中に、「ミッちゃん」という異物をあえて投入し、崩れてしまう秩序を視聴者たちに提示し、その違和感の本質を探らせ、「ヒロシ」と「ボク」の関係に着目させようとしたのではないか。

とにかく「あいこでしょ」は二番の歌詞のせいで、全体が、破綻してしまっている。

筆者は幼少期からそのことがずっと胸に引っかかっていた。美しくないからだ。

試しに、二番の歌詞を、一番が提示したテーマに忠実に再構成してみよう。『車軸』の登場人物の名前を、乱暴に引用して。

「真奈美　潤がすきさ」

「潤は　聖也がすき」

「聖也　真奈美がすき」

「みんな　ふられた」

何だかしっくりくる。『車軸』の読後に触れても、あまり違和感がない。むしろ美しく感じる。ここにおける「すき」の意味も、素朴な片思いというわけではなく、それぞれの肉体が背負っている宿命の叫びに思えてくる。

ところで『車軸』という本作のタイトルは、聖也というキャラクターと、彼を介した三人の関係を象徴したものだ。

しかし、それは三人の実態を正しくとらえた比喩だろうか。三人の関係はむしろ、三すくみだったのではないか。

仮に両輪が装置として上手く機能するのだとしたら、車軸による献身的なコントロールが不可欠になってくる。ナンバー2ホストとしてのサービス精神などでは、決して賄（まかな）

えない類の能力が、実は暗黙のうちに求められている。個人は二人いるわけではないし、男性器は一本しかない。

他者を欲するとき、人は野蛮なエゴイストだ。そしてそれぞれが持ち合わせている肉体の限界も、冷酷に設定されている。両輪と車軸による幸福な「輪軸」関係を即席で用意しても、結局は機能不全に陥り、進みたい方向へ思うように進めない。自然界に「車軸動物」が存在しないのは、生命にとっての必然なのだ。それでも人はそうやって、生まれながらに持ち合わせた限界の中で、不自由に束縛されながら、もがいて美しくあろうとする。

歌人である小佐野彈は、歌を詠む際、決して五七五七七の枠から音をはみ出させない。ある種病的なまでに、形式の束縛、限界、規定に固執する。歌人自身のオブセッションなのだが、『車軸』作中で言及されるワーグナーもまた、緻密な規定をその芸術に課した、完璧主義者としての一面が知られている。これは決して偶然ではなく、真奈美が自分たちの関係性を両輪と車軸の関係に託したのも、どこかで規定、すなわち形式の美を欲していたことの現れと見做せる。

人は他者と関わるとき、つい相手との一対一の世界に閉じこもってしまいがちだ。真奈美と潤もそうだった。

しかしもし彼女らが、自分たちを三すくみの共同体として受け入れていたとしたら、と無責任な想像をしてしまう。〈三人が同時につながりえない〉宿命を、完全性の要件として肯定できなかっただろうか。もっとスマートに、互いに依存できなかっただろうか。たとえそれが「あいこでしょ」の二番よろしく「みんな　ふられた」結末しかもたらさなかったとしても。

いや、彼女らにとってそんなことはどうでもいい問題なのかもしれない。三すくみのような均衡が望めない不安定さこそが、本作における完全性なのかもしれない。読んでいるこちらこそが、形式の束縛にこだわっているに過ぎないのかもしれない。そういう作品なのだ。『車軸』は、美しさとは何かの規定を問いかける。

（こうのいけ・るい　作家）

［初出］
「すばる」二〇一九年二月号
単行本化にあたり加筆・修正を加え、二〇一九年六月、集英社より
刊行されました。
JASRAC 出 2208642-201

集英社文庫　目録（日本文学）

荻原博子　老後のマネー戦略
荻原　浩　オロロ畑でつかまえて
荻原　浩　なかよし小鳩組
荻原　浩　さよならバースディ
荻原　浩　千年樹
荻原　浩　花のさくら通り
荻原　浩　逢魔が時に会いましょう
荻原　浩　海の見える理髪店
奥泉　光　虫樹音楽集
奥泉　光　東京自叙伝
奥田亜希子　左目に映る星
奥田亜希子　透明人間は204号室の夢を見る
奥田亜希子　青春のジョーカー
奥田英朗　東京物語
奥田英朗　真夜中のマーチ
奥田英朗　家日和

奥田英朗　我が家の問題
奥田英朗　我が家のヒミツ
奥山景布子　寄席品川清洲亭
奥山景布子　すててこ　寄席品川清洲亭二
奥山景布子　づぼらん　寄席品川清洲亭三
奥山景布子　かっぽれ　寄席品川清洲亭四
奥山景布子　義時　運命の輪
長田渚左　桜色の魂　チャスラフスカはなぜ日本人を50年も愛したのか
小佐野彈　車軸
長部日出雄　古事記とは何か　稗田阿礼はかく語りき
長部日出雄　日本を支えた12人
小沢一郎　小沢主義（オザワイズム）志を持て、日本人
小澤征良　おわらない夏
おすぎ　おすぎのネコっかぶり
落合信彦　モサド、その真実
落合信彦　英雄たちのバラード

落合信彦・訳　第四帝国
落合信彦　狼たちへの伝言2
落合信彦　狼たちへの伝言3
落合信彦　誇り高き者たちへ
落合信彦　太陽の馬(上)(下)
落合信彦　運命の劇場(上)(下)
ハロルド・ロビンス　落合信彦・訳　冒険者たち　野性の歌(上)
ハロルド・ロビンス　落合信彦・訳　冒険者たち　愛と情熱のはてに(下)
落合信彦　王たちの行進
落合信彦　そして帝国は消えた
落合信彦　騙し人
落合信彦　ザ・ラスト・ウォー
落合信彦　どしゃぶりの時代　魂の磨き方
落合信彦　ザ・ファイナル・オプション　騙し人II
落合信彦　虎を鎖でつなげ
落合信彦　名もなき勇者たちよ

集英社文庫

車軸（しゃじく）

2022年11月25日　第1刷　　定価はカバーに表示してあります。

著　者　小佐野　彈（おさの　だん）

発行者　樋口尚也

発行所　株式会社 集英社
東京都千代田区一ツ橋2-5-10　〒101-8050
電話　【編集部】03-3230-6095
【読者係】03-3230-6080
【販売部】03-3230-6393（書店専用）

印　刷　大日本印刷株式会社

製　本　大日本印刷株式会社

フォーマットデザイン　アリヤマデザインストア　　マークデザイン　居山浩二

ISBN978-4-08-744457-5 C0193